文芸社セレクション

小説家に憧れて

紫野　晶子
SHINO Shoko

文芸社

目次

小説家に憧れて

一、書くことへの憧れ

私が作家を志すようになったのは、中学校に上がる少し前、確か小学校六年生の二月か三月の頃だったと思う。当時反抗期まっさかりだった私は、国語の教科書に載っていた、いかにもいい子の典型といった内容の、作文のお手本が気に入らず、それをふざけた内容に書きかえるパロディのようなことを試みた。

その遊びをしたのはこれが最初で最後の一回だったが、これをきっかけに文字で物語を表現することの面白さを知り、小説書きをライフワークにするようになった。ただの「作文」が元の文章とは違う長い物語に変わっていくのが愉快でたまらなかったのだ。

小説書きを始める前から、私は空想好きの子どもだった。本好きの母の影響で、物心ついたときから絵本や児童文学に親しみ、プリキュアなど子ども向けのアニメを見たあとは、手持ちの着せかえ人形をその登場人物に見立て、自分で考えたオリジナルストーリーを上演した。小学校中学年くらいからは落書き帳に自分で考えたキャラクターの絵を描いて、紙芝居やマンガの真似事をして遊んでいた。当時手塚治虫の伝記を読んでいたこともあって、将来はマンガ家になろうと思っていたが、頻繁に絵を描いている割には、同年代の子どもと比べて絵が下手なのに気づき、だいぶ早い段階であきらめてしまった。

文章を書くのも早いうちから好きだった。とは言っても、作文の時間に級友たちが原稿用紙に一枚書いて終わるところを、自分だけ二枚か三枚書いて優越感にひたるというくらいだったが。宿題になっていた先生との交換日記のようなものも、小さな字でびっしりと、用紙の裏面まで熱心に書いていた覚えがある。

中学に入ってからは、小説を書くことが放課後のルーティンになっていった。使わなくなった前年度の授業用ノートの、余ってしまったページに、毎日のように、自作の物語のつづきを書き足し、「連載」していた。いらないプリントやチラシの裏紙にキャラクターの絵を描いて人物設定らしきこともしていた。小説を書くのは楽しいし、人付き合いの苦手な自分は組織で働くのに向いていない、学校という場所もあまり好きではないから、中学を卒業したら進学も就職もせず、アルバイトでもしながら創作を続け、作家を目指そう…そんなことを考えていた割には自作を雑誌の賞や投稿サイトに投稿することもなかったし、そもそもどうすれば作家になれるかも知らなかった。

結局、この頃はまだ遊びの感覚で物語をつづっていたにすぎなかったのである。入らないと言っていた高校にも、たまたま中学での合同説明会に参加していた、自由に時間割を組める総合科の高校に興味を持ち、進学することとなる。確か入学の決め手は心理学の授業があったことだったと思う。

ここまでその時その時の思いつきと気分で「なんとなく」進んできた私の人生だったが、高校に入ってからはますます迷走ぶりがひどくなる。心理学目当てで入学したはずなのに、その心理学は選択授業の始まる二年生で一回とっただけで、三年目は受験対策のため、普通科と変わらない受験科目の勉強しかしていない。入学時は高卒のつもりでいたのに、二年生から始まった世界史の勉強が予想していたより面白かったのと、学校生活が続く中で社会に出るのが急におっくうになったこともあって、二年生を半分過ぎた頃には私の気持ちは大学進学へと固まっていった。

創作活動も迷走していた。通っていた高校がキャリア教育に力を入れていた学校だったので、一年生のうちから大学生や社会人と交流する機会、仕事や人生設計について調べ、考える機会が多くあり、それまで夢見がちだった私も将来に対して少しずつ現実的になっていった。自分は作家になりたいと思って生きてきたが、そんな運任せの仕事で本当に食べていけるのだろうか。本や文学にかかわる仕事をしたいのなら、司書や書店員など、もっと堅実な選択肢があるのではないか。いやいや、まずは目の前の受験に備えて勉強しなくては…。そのように思い悩むうちに、ただでさえ遅い執筆の手が完全に止まってしまった。小説を書くための時間を確保するため、部活や同好会には入っていないし、友人もいない。はっきりとした将来の目標も、大きな喜びもなく平凡な日常を淡々と生きていくうちに、私は次第に生きる気力を失っていった。とはいっても死にたいと思うほどの強い感情もない。逃げ場を求めるように太宰治の作品を読み始めたのも、ちょうどこの頃だった。

大学に入ってからも私の厭世感は治るどころか悪化する一方だった。「知識人階級」にあるものとして背のびしたい気持ちもあって、いわゆる「名作」「古典」とされる国内外の文学作品にも少しずつ親しむようになったが、好んで読むのは太宰や芥川など自殺した作家の作品か、「退廃的」「病的」とされる作品、たとえばランボー、ユイスマンス、ボードレールなどのフランス世紀末の作家が書いたものがほとんどだった。同じ理由で江戸川乱歩、谷崎潤一郎、三島由紀夫の作品もぽつぽつ読んだ記憶がある。

先人たちの優れた作品を読むうちに自分の中でも書きたいという意欲が高まり、私は大学一年の夏から執筆活動を再開した。三年の秋、四年の冬とそれぞれ一回ずつ雑誌の小説新人賞に応募したが、残念ながらどちらも予選の段階で落ちていた。

大学卒業後の進路選択でもひどく悩んだ。ゼミに所属して勉強した学部での後半二年間は、まだ専門分野を学ぶうえでの導入編という感じがして、学び足りなかった。せっかく大学に来たのだから、大学院に進んで、もっと専門的な勉強をしたいと思った。一方で、机の上の勉強だけでなく、実際に社会に出て働くことで見えてくるもの、学ぶことがあるのではないかという思いもあった。学校の外に出て社会人としての経験値を積んだほうが、ずっと本の世界に閉じこもっているよりも、書くことのできる小説の幅も広がるのではないだろうか。迷ったすえ、後者の、社会に出て働く方を選んだ。

就職先は離島の知的障害者入所施設だった。初めのうちは食品会社を中心に就職活動を行っていたのだが、なかなか採用が決まらず、以前から関心のあった福祉業界に切りかえて活動した結果、なんとか卒業までに内定をもらうことができたのだ。

私が福祉の世界に関心をもったのは、小学校時代の、学校になじめなかった経験がきっかけだった。何をするのにもスローペースで、物事を習得するのに人より時間のかかった私は、自分自身の不器用さ、できの悪さに日々苛立ちを感じ、かんしゃくを起こしては保健室にかけこんでいた。なぜ、みんなはできるのに、自分だけうまくいコーダーを演奏できないのか。なぜ、私だけ九九がなかなか覚えられないのか。どうして私だけがドッジボールでボールをうまくキャッチできず、いつも落としてしまうのか…。今振りかえれば、微笑ましくて笑ってしまうほどささいな問題だったが、当時の私はそれで深刻に悩み、どうしようもない居心地の悪さ、生きづらさを感じてしまったのである。そこから、自分と同じような生きづらさを抱える人たち、社会の中で弱い立場に置かれている人たちの力になりたいという思いが生まれていった。たまたま就職活動の時期に新型コロナウイルスの流行が重なり、経済的に苦しい人、虐待やDVなどで家にも居場所のない人の問題が浮き彫りになったこともあり、人助けへの思い、社会の役に立つ仕事がしたいという思いが強くなっていた。ちょうどこの頃自分自身が目の病気をして、治ったものの、今後作家という自分の力だけが頼りの仕事でやっていけるのだろうかという不安があったのも大きかった。健康面への不安から家族に八つ当たりしてしまった自分自身の器の小ささに失望し、こんな中身のない人間が物語を書いてもつまらないだろう、それなら裏方として他の誰かを支える仕事に回ろうと思ってしまったのである。

　このようにしてほとんど思いつきで始まった島での社会人生活はやはり決して楽なものではなかった。勤務日にはなかなか仕事を覚えられず焦り、休日には慣れない家事に追われ、消耗する日々。初めの三ヶ月は特に慌ただしくて自分の時間などとれなかったし、たまにゆとりができたらできたで、慣れない土地で一人で暮らすさみしさや心細さに苦しめられた。自然が美しいこと、人の心が温かいことなど、離島ならではの魅力に救われることも多かったが、本の虫としては書店や図書館など活字に触れられる場所がすぐ近くにはないことがつらく、失礼ながらほとんど毎日のように、仕事を辞めたい、実家に帰りたいと思ってしまっていた。

そんな中で心の支えになったのが、書くことだった。最初は家族や友人とＬＩＮＥや電子メールで連絡をとること、祖父母や叔父に手紙を書くことから始まり、次第に一度は放棄していた小説の執筆へと向かっていくようになった。今の生活が苦しいなら、自分で何か楽しいことを探すか作るかして、少しでも楽しく過ごせるよう工夫しないともったいない。昔の夢にすがりついてでも、自分の気持ちをなんとかして明るい方へと持っていかないと、苦しくて生きていけそうになかった。書店や図書館まで遠くなかなか活字文化にアクセスできないこと、近くに出版社がないこと、手元にパソコンがないことなど、作家デビューや執筆をするにあたって不利な条件ばかりなのにもかかえって私のやる気に火をつけた。作家になることを十年以上夢見てきたのに、こんなささいな環境の不備くらいで、あきらめてなるものかと。結局入社後八ヶ月にあたる翌年三月には大学時代に応募したのと同じ雑誌の小説新人賞に応募している。

創作活動への意欲を取り戻したことは、一見前向きな変化のように見えたが、一方でそれは私をまた別の厄介な問題に直面させもした。生活に必要なお金を稼ぐための副業と、本当にやりたいこと、つまり将来の夢に向けた活動をどう両立させるかという問題だ。何とか締め切りまでに新人賞に応募できたことからもわかる通り、介護の仕事と小説の執筆を両立することは決して不可能ではない。出勤前や退勤後の空いた時間、休日の家事をしていない時間などを回すことで、スローペースながらもなんとか執筆を続けることができた。

しかし、自由に使える時間が豊富にあった学生時代と比べると、やはり創作に使える時間は圧倒的に少なく、思うように執筆を進められない歯がゆさ、じれったさを感じ、苛立つことが増えていった。時間が取れても副業の介護で精神的に疲れてしまい、小説を書く気になれないという日も珍しくなかった。不器用な手でおむつ交換に手間取っていると、まだおむつを取り替えてもらっていない他の利用者から「早く」とお叱りを受け、着替えの介助では、顔に衣服が触れるのを嫌がる利用者から「痛い」と叩かれたり、手を噛まれそうになったりする。自分は利用者に嫌がられることしかしていないな、私のしていることは本当に支援になっているのだろうかと罪悪感、無力う介護職員は、利用者の暮らす入所施設で、利用者の日常生活の支援・介助を行う介護職員は、利用者にとって身近な存在であるだけに、怒りや不満といった負の感情をぶつけられることも多い。生活を経済面で支えるための「おまけの仕事」として扱うには、負うべき責任の面でも、精神的な面でも、負担があまりにも重すぎた。

そんな状況だから、いくら工夫して執筆の時間を多くとるようにしても、どうしても介護の仕事に取られる時間の方が多くなっている気がしてしまう…。他の仕事でお金を稼ぎながら夢を追いかけていく以上、どんな仕事をしてもついてくる問題だが、肉体的にも、精神的にも、経済的にもきついとされる福祉の仕事を副業として選んでしまった私の場合、事態は余計に深刻だった。そもそも賃金が低いとされる福祉の仕事を、家計を支えるための副業として設定すること自体に無理があるのではないだろうか。確かにやりがいのある仕事ではあるが、それと同じくらい、下手したらそれ以上に苦しみの多い仕事でもある。

例えば、トイレ介助で、利用者の体を抱きかかえて車椅子からトイレの便座に移ってもらう際に、私の不注意で利用者を転ばせてしまったときは、自分のせいで利用者を危ない目に遭わせてしまうくらいなら、介護の仕事なんてもう辞めてしまった方がいいとひどく落ち込んだ。また、私のいた職場では、毎日のスケジュールが時間で細かく決められていたうえ、人手不足のため、少ない職員で施設を回さなくてはならず、さらには大勢の利用者が一つ屋根の下で暮らす集団生活ということもあり、どうしても利用者一人一人の都合よりも、日課を時間通りに終わらせることが優先になってしまいがちだった。そんな中で、何をするにも手際が悪い私は、介助中に時間が押して焦ることも多く、勤務時間中はイライラしていることが多かった。

介護への熱意がどんどん失われていく中で、夢との両立も上手くいかないまま、この仕事をずるずると続けていてもよいのだろうか。だからといって入社から三年どころか一年も経たないうちに辞めてしまうのでは、次の仕事が見つかるかどうかも分からない。両親は、小説で食べていけないなら、別のことを仕事にして、書くことは趣味で続けていけばいいと助言してくれ、私自身もその通りだと思ったが、一方でどこか納得できない自分もいる。生活と志、どちらを優先させるべきか。明確な答えが出せないまま、私は今日も重い足取りで職場へ赴くのであった。

二、音楽と私

小さい頃から怖い歌や悲しい歌が好きだった。幼少の頃は童謡の「赤い靴」ばかり歌っていたのを覚えている。それでもたまにはかわいらしい歌を歌うこともあったようで、母の実家へ向かう列車の中で車窓に海が見えると、海は広いな大きいなとあの有名な童謡を口ずさんだ。そのあと電車がトンネルに入ると、突然童謡をやめて父の聴いていた矢沢永吉の歌の一フレーズを歌って他の乗客を笑わせたという「逸話」が残っているようだが私自身にはそのときの記憶がなく、真実かどうかは定かではない。

小学校に入ってからも歌を聴くのは好きだったが、音楽の授業で隣の席の子から、鍵盤ハーモニカの指づかいの間違いを指摘されたり、歌やリコーダーのテストでなかなか合格をもらえなかったりしているうちに、心はだんだん音楽から離れていった。中学時代にいたっては、学校の合唱コンクールのとき、あまりにも音痴すぎるがゆえに、背が低いのに一番後ろの列に回されたことくらいしか、音楽にまつわる思い出がない。それも今となっては微笑ましい笑い話の一つだが、プライドがムダに高かった当時の私にとってはなかなかの屈辱体験だった。

私の音楽愛が復活するのは高校生になってからだった。高校の芸術科目の選択では、絵を描くのが好きだったので、音楽でも書道でもなく美術を選択したのだが、あとで音楽を選択したクラスメイトから、今日は尺八を吹いたよ、ギターの弾き語りをやったよと他ではできそうにない貴重な経験談を聞く度に、自分も音楽にすればよかったなと後悔したものだった。でも、美術は美術で、木彫りの彫刻を作ったりとなかなか本格的で面白かったので、いい経験だったと思う。

余暇の時間には山口百恵を聴いていた。母が持っていた山口百恵のＣＤを平成生まれの私がどのような経緯で聴き始めたのかは覚えていないが、かわいらしさを前面に出して売り出していた、同時代の平成のアイドル（たとえばＡＫＢ４８、ももいろクローバーＺなど。こちらはこちらで魅力的）とは明らかに違う、落ち着いたアルトの歌声、背伸びを通りこして大人びた歌詞、笑わず遠くを見つめて淡々と歌う独特の歌唱スタイルに圧倒されたのを記憶している。それ以来、期末テストなどで早く帰宅した日の昼食に、自宅近くのパン屋で買ったパンを食べながら、山口百恵を聴くというのが私の大きな楽しみの一つとなった。

公民の授業で青年期について勉強するときに出会った尾崎豊のことも印象に残って

いる。公民の先生がCDで流した尾崎の「卒業」を初めて聴いたとき、私は心を大きくゆさぶられ、授業中だというのについ涙を流してしまった。それからしばらくは尾崎のことが気になり、図書館のオーディオコーナーや、近所のCDショップでさりげなく探しはしたものの、なんとなく気恥ずかしくてついには手に取ることはなかった。

大学に入ってからは、家にあるCDを手当たり次第に聴いていた。中でも夢中になったのが宇多田ヒカルと玉置浩二だった。宇多田ヒカルのどこか憂いを帯びた歌声と繊細さを感じさせる歌詞は当時の私の憂鬱な気持ちに合っていたし、よく刺さった。玉置浩二および彼の率いる安全地帯は曲によって大人の色気と道産子の温かさの両方を感じさせる不思議な魅力で私の心をわしづかみにした。就職してからも心が苦しくなってどうしようもなくなったときは、「悲しみにさよなら」「ひとりぼっちのエール」「田園」「メロディー」「純情」「サーチライト」などを聴いてなんとか死なないように頑張っている。届くことはないと思うが、玉置さん、ありがとう。おかげでもう少しだけ生きていけそうです。

三、優雅な島ライフ

離島の夏は虫が多い。商店までのたかだか三、四十分の道のりで、いったい何匹のスズメバチを見たことだろう。山奥の林道だけでなく、海沿いのメインストリートでもふつうにぶんぶん飛んでいる。十月、十一月くらいになればそちらの方はだいぶ落ち着いてくるのだが、十一月の半ば、肌寒い朝に家の中で十～十五センチくらいの巨大なムカデを見たときは、もうここでは暮らしていけないなと思った。そのときは近くにあった殺虫剤とホウキで撃退できたからよかったけど、もしまた同じようなことがあったらと思うと気が気ではない。実家も東京にしては自然の多いところなので、クモやセミくらいなら何ともないのだが、さすがに大きなハチやムカデといった毒虫の類は勘弁してもらいたかった。それでも冬になるといなくなってくれたので、年が明けてもここで暮らし続けることができたが、また夏が来たらどうなるか…あまり考えたくないものである。虫以外にも、大きなヘビや小型のシカ、サルなどがいるので、山道のひとり歩きはなかなか心臓に悪い。何も出なければ、空気もいいし、花なども咲いていて、なかなか気持ちのよいものなのだが。

　突然愚痴めいた話から始めてしまったが、私は島での暮らしが気に入っている。島でも中心部と辺境とではだいぶ状況は違うと思うが、私の住んでいた山間部では街灯などの街明かりが少なく、夜には星がよく見えた。中でも空気の澄んだ冬場は星を見るのにはもってこいで、遅番の帰りなどにオリオン座を見上げながら帰った記憶がある。両親が島に遊びに来たときに私も一緒に泊まったホテルの、屋上から見た星空も格別で、そこにはプラネタリウムよりも鮮やかな星々がところせましと散らばっていた。

　島を囲む海もまた素晴らしい。晴れた日の鮮やかな青が美しいのはもちろん、雨の日、曇りの日の灰色の海も、独特のさみしさと風情があってくせになるし、岩場や防波堤に打ちつける荒々しい波音は、心の中のわだかまりを洗い流してくれる。家が山奥にある暮らしではどこへ行くのにも徒歩で最低三、四十分はかかってしまうのだが、それも海を見るためだと思えばつらくなかった。内陸で生まれ育った私にとって、海がすぐ近くにある暮らしというのは長年の憧れだったのである。

　しかし美しい自然はさみしさを余計につのらせもする。買い物に出かける途中、坂道を下りながら海を眺め、何度涙を流したことだろう。港の客船待合所の二階にある、パン屋のイートインスペースから眺める海の向こうには、いつも懐かしいふるさとへとつながる本土の陸地があった。飛行機で行けばすぐなのに、なかなか帰れない故郷。住んでいる町がどんなによいところでも、愛する家族と離れて一人で暮らすのは耐えがたいことだった。本来内気で人見知りの私が、ふらりと訪れた港のカフェでマスターに人生相談をしたのも、地域で開かれた遊びのワークショップに参加して、不器用な手で折り紙を折ってきたのも、耐えがたいさみしさのためだったのかもしれない。島の中心部にある図書館でしばし物語の世界に浸っても、灯台のある丘から青い海を眺めても、心の中には常に拭いきれないさみしさが残っていた。

――また、会えるよね…

帰省を終えて島へと帰る飛行機の中、下方へ、後方へと遠ざかっていく故郷を窓の外に眺めながら、私はこの日も涙していた。故郷を離れ、島に来てから帰省するのはこれで三度目だったが、いまだに別離のさみしさに慣れることはできない。いつかは故郷ではなく、島を離れるときに涙を流すようになるのだろうかと思いながら、私はいつ来るともわからない離職の日、島との別れの日に思いをはせていた。眼下にはやはり青い海が広がっていた。

四、明るい自分になりたくて

私が、自分を嫌う根暗さんになってしまったのはいつごろからだろうか。うんと小さい頃…たとえば幼稚園の頃などは、毎朝母と離れるのが嫌で登園時には号泣していたし、ひどく内気で、知らない人どころか親戚の子とも緊張して話せないほどだったが、楽しいときはお腹が痛くなるほど、息が苦しくなるほどまで笑いが止まらなくなるような子どもだったので、暗いのとは少し違ったような気がする。小学校低学年の頃は、クラスにしつこくちょっかいを出してくる男子がいたのと、休み時間のドッジボールや鬼ごっこなど勝ち負けのある外遊びが嫌だったのとで、学校に行くのが嫌だとは言い始めてはいたものの、実際には体調不良のときしか休まなかったし、放課後や休日に遊ぶ友人にも事欠かなかった。保健室登校になりかけていた三年生のときだって学校を欠席することはほとんどなかったし、気持ちが落ち着いているときはみなと一緒に教室で過ごし、ふつうに授業を受け、放課後には友人と遊んでいた。むしろ保健室にいる時間の方が短かったくらいである。三年生の終わりから四年生の始めにかけては、転校もあって少し落ち着かない時期もあったが、おおむね楽しく過ごせていたように思う。同じクラスには特にちょっかいを出してくる子もおらず、担任の先生とも相性がよかったので、小学校時代の中では一番平和で楽しい時期となった。とは言っても、三年次の保健室登校とかんしゃくの頻発を受け、学校側から発達検査の受検を勧められ、その結果対人関係と情緒面に課題があるということになり、四年生から外部の施設でソーシャル・スキル・トレーニングの授業を受けることになったという動きがあったのもこの時期だったので、私の学校生活は少なくとも外から見れば順調ではなかったのかもしれない。

多少の浮き沈みの激しさはあるものの、どちらかといえば明るく、脳天気な方に属していた私の性格にかげりが見え始めたのは、小学校五年生、思春期と第二次反抗期がさらに深まった頃だった。新しく赴任してきた担任の先生と相性があまりよくなかったこと、高学年という理由で先生たちから色々プレッシャーをかけられたこと、同級生も思春期に入り、友人関係がだんだんと難しくなり始めたことなど、不安定になる理由は色々あったと思うが、私にとって一番大きかったのは、周りとの比較からくる劣等感であった。

私の場合、極端に手先が不器用で、また物事の習得も人より時間がかかる方だったので、小学校低学年の時点でも、何か私って変だなという意識はあったし、三年生で発達検査を受け、四年生からは月に一、二回ほど学校を休み、教育相談所のＳＳＴ（ソーシャル・スキル・トレーニング）に通っていたので、自分が良くも悪くも他とは違うのだということにはだいぶ早い段階で気がついていた。それでも、五年生のとき、一部の同級生から「頭のおかしい子が通うところ」と噂されていた校内の通級指導教室に週一回午後の五、六限の時間に通うことになったときは漠然とした居心地の悪さを感じたものである。そこでは他の通級している生徒との話し合いやロールプレイング、先生による劇などを通して、怒りのコントロールの仕方、感情の爆発に頼らない気持ちの伝え方など、社会に出てからも役立つような対人スキルを学ぶことができたので、結局は行って正解だったと思うのだが。それでもやっぱり、友だちには通級のことはあまり知られたくなかった。

夏休みの明けた五年生の二学期、私の精神状態はますます悪化する。理由もなく気持ちが落ちこみ、学校にいるときだけでなく、家にいるときでさえ元気が出ない。人と関わるのが何となくおっくうで、下校時も一学期までは友人たちと帰っていたのを、二学期からは一人で帰るようになっていた。何もしたくないが、何もしないのも不安でつらくて、家にある本を手当たり次第読んでいた。中でも、加藤諦三氏の『心の休ませ方』、山田玲司氏の『絶望に効くクスリ』は何度も手にとった記憶がある。実際深刻な状況におかれていたかは別として、確かに当時の私はそのような重めのタイトルの本ばかり読みたくなるほど、精神的に追いつめられていたのである。六年生になってからはだいぶ症状が改善したものの、相変わらず自分自身や、不条理だらけの（ように見えた）学校生活への苛立ちはおさまらず、宿題は何のためにあるのだと担任の先生に食ってかかったこともあれば、卒業文集には何のためらいもなく、学校嫌いを公言する文章を書いたりした。小説らしきものを書き始めたのもちょうどこの頃だった。

中学時代は打って変わって静かだった。家では出がけに身だしなみのことを母に注意されて逆ギレし、ちょっとした口論になるということがしばしばあったものの、学校では先生に反抗することも、かんしゃくを起こすことも、教室を飛び出すこともなく大人しく過ごしていた。心が乱れたときに保健室に逃げこむということもなくなっていた。成績も、数学と実技科目をのぞけば、どちらかといえば優秀な方に属していた。かつての問題児はおとなしい優等生になったのである。

しかし心の荒れは相変わらず続いていた。小学校後半は他者への暴言、大声を上げて泣き叫ぶ、教室を飛び出す、物を投げるといった外への攻撃として出ていたものが、今度は内側に向かうようになってしまったのだ。おかげで周りに迷惑をかける頻度や、他者とのトラブルは減ったが、ストレスをためこんでしまうことによる自分自身へのダメージはより深刻になり、さらには自己嫌悪という別の問題が生じるようになった。子ども時代にあまりにも自分の感情をだだ漏れにしてきたがゆえに、小さなことではあるが色々なトラブルを引き起こし、その度に周りの大人からはもっと自分の感情を制御するようにとの助言を受けた。それは確かに一般論としては適切なアドバイスだったのだが、他者の言葉を真に受けやすく、またどこか極端なところのある私には、少々危険な言葉がけでもあった。その結果、内容や伝え方のよしあしは別として、誰に対しても物怖じせず自分の考えを言えていた勝ち気な子どもは、次第に自分の思っていることを表に出せない気弱な根暗さんへと姿を変えていくこととなる。

中学時代の私はひどく引っ込み思案だった。英語や音楽でのペアワーク、グループワークでは、なかなか一緒にやろう、自分も入れてと言い出せず、面倒見のいい小学校からの知り合いに声をかけてもらうのを待つ始末。授業で先生から当てられたとき、誰かから話しかけられたとき、何か事務的な連絡があるときなど、本当に必要最低限のときしか話さない無口な生徒だったため、一部のクラスメイトからは何を考えているのかわからない、暗いという理由で気味悪がられていたフシがある。それも当時の私の被害妄想にすぎないかもしれないが。

自分でもさすがにこのままではまずいと思い、二年生のときに合唱コンクールのポスター係と当時所属していた家庭科部の副部長に立候補するが、前者では結局他のメンバーにリードしてもらい、指示に従って作業するだけに終わり、後者はそもそも出欠確認以外に仕事がなく、どちらも自分の殻を破るまでには至らなかった。

高校では入学したばかりの四月に、近くの席に座っていたクラスメイトに、一緒に弁当を食べないかと声をかけてはみるものの、あまり会話が弾まず、二、三回で自然消滅する。一年生の文化祭では小道具など裏方の仕事ではなく、舞台上で演技をするキャストを希望し、本番にはお客さんの笑いをとることに成功するが、文化祭が終わると今まで通りの無口な自分に戻ってしまう。二年生のときは一年生では挑戦しなかった委員会活動に参加しようと思い、図書委員になるが、アンケートの集計、書架整理、おすすめの本コーナーに置く本の選書など、人とかかわらなくてもできる仕事がほとんどだったので、対人能力の面ではあまり成長につながらなかった。

プライベートでは友人がおらず、小説らしきものを書きかけては途中でボツにし、太宰治を読み、『1リットルの涙』や、verb出版の『遺書』などの死にかかわるドキュメンタリーを読み、真面目だと思われている自分自身への反感から尾崎豊の曲を聴いて涙を流しとひたすら暗い高校生だった。小・中学校の頃に妄想していた、青春をエンジョイしている高校生の自分、ギャルになっている自分、は全くもって正反対だった。信号待ちの際、道路をつっぱしる車の列を眺めながら、ここに飛びこんだらどうなるだろうと考えたことも何度かあったが、特に死ぬべき理由も見当たらなかったので実行せず、そのままなんとなく生きていることにした。死ぬのも怖いけど、生きるのも面倒くさい。そんな消極的な日々が、しばらく続いた。それでも、これから続いていく人生への不安や、それを何とかしなくてはという思いはあり、大学入試に向けた勉強だけは辛うじて継続させていた。

大学に入ってからも憂鬱な日々が続く。入学したての一年生の頃は、慣れないレポートや発表、ディスカッションなどに戸惑い、四苦八苦しており、学生生活や余暇の活動を楽しむ精神的ゆとりなどなかった。将来に向けた活動としては、夏休みに少しだけ小説らしきものを書いたが、講義が再開してまた忙しくなると執筆どころではなくすぐに書くのをやめてしまった。秋には、春休みの短期語学研修の案内があり、希望者は一ヶ月ほどフランスに滞在して現地の大学で仏語を学べるということだったので、説明会に出席したのだが、費用が四十万と高かったのと、言葉のあまり通じない異国の地で、うまいこと一ヶ月暮らしていける自信がなかったのとで、留学への申し込みを断念している。

　臆病さゆえに留学を決意できなかったことは将来への不安と焦りにさらに拍車をかけた。半年後には成人を迎え、一年後には就職活動も始まるのに、何も挑戦しないまま、何も成長しないまま、漫然と日々を送っていていいのだろうか。悶々と悩んでいた一年生の春休み、私は小説の執筆を再開する。散髪も、それまで自宅で母に切ってもらっていたのをやめ、一人で美容室へ行くようになったのもこの頃だった。他から見れば取るに足らないささいなチャレンジだったとは思うが、今まで怖くてできなかったことができるようになったこと、髪型が少しキレイになったことは、私に思いのほか大きな勇気を与えることとなる。以前は休日になると家にひきこもりがちで、出かけても近所の図書館程度だったのが、少しずつ遠出もするようになり、三月には上野の国立西洋美術館、六月には川崎の岡本太郎美術館にいずれも一人で出かけており、食事も併設のカフェで食べている。当時の私には一人で外食をすることもなかなか勇気がいることだったので、これも大きな成長だ。

　そして、翌年の二月、三年生の終わりには、四〇〇字詰め用紙五十枚程度の短編を、『新潮』誌の小説新人賞に応募する。ただ原稿を送っただけで、デビューどころか予選通過の保証も何もなかったが、夢の実現に向けて何かしらの行動を起こしたのは人生でこれが初めてだったので、応募を終えた私はひどく高揚していた。結果が案の定落選だったのは、前にも記した通りである。

学問の面でも、成績優秀のため、一年次から三年次まで三年連続で特待生に選ばれ、レポートや研究発表、語学系の講義でのスピーチなどで高い評価を得たこともあり、私は失っていた自信を取り戻し、人前で話すこともだんだん平気になっていった。

しかし就職するとなると話は別で、就活生、社会人の卵としての自分に自信を持てず、初めのうちは、人とのかかわりが少ないと思われる清掃業、製造業の仕事ばかりに絞って求人情報を収集していた。ところが、いざ仕事内容の詳細を調べてみると、自分の興味・関心・適性とは合わない内容だったとわかり、志望先を食品系、物流系、福祉系などにも広げ、説明会に参加して、面接も受けてみた。だが、なかなか採用には至らなかった。

そして眼病の治療もあり、秋から冬までは思うように活動できず、現在の職場での採用が決まったのは、三月下旬と卒業ぎりぎりの時期だった。何とか新卒のうちに就職が決まって嬉しかったのと、気持ちが人助けに傾いていたのとで、すっかり浮かれていた私は、離島での勤務という厳しい条件にもかかわらず、採用の話を二つ返事で承諾してしまう。

それからは、理想と現実の差に思い悩む日々だった。職場では仕事を早く覚えよう、必要な介護技術を身に付けよう、感じのいい応対を心がけようと努力するものの、なかなか先輩職員のようにはできなかった。おむつ交換は下手くそなままで一向に上達しないし、利用者さんの体を支え、車いすから便座やシャワーチェアに移ってもらう「移乗」の介助も苦手で危なっかしく、また別の場面で利用者さんが取り乱した時は、つい自分も一緒になってイライラしてしまう。職場の人たちはみな優しくて、仕事で困っていることがあれば親身になって相談に乗ってくれ、仕事の進め方や介護技術、利用者さんへの接し方などについて丁寧に教えてくれたが、飲み込みの遅い私は、教わったことを思うように実践できず、せっかく教えてもらったのに申し訳ないと、不甲斐なさを感じていた。

もちろん、働いている中で喜びを感じる場面もあった。普段食の細い利用者さんがおやつのたい焼きは気に入ったのかスムーズに食べてくれ、表情もいつになく生き生きしていたこと、いつもは物静かで表情の変化もあまりない利用者さんが、記念撮影の時は満面の笑みでピースサインをしてくれたこと、気さくな利用者さんが若い頃の思い出話を聞かせてくれたことなど。

しかし全体で見れば仕事がつらい、上手くいっていないと感じる日の方が多く、頑張れば頑張るほど状況が悪くなり、理想の職員から離れていくような気がして、次第に自分と仕事が嫌になっていった。せめて気晴らしになればと休んでいた小説書きを再開してからは、このままではいけないという焦りがさらにひどくなった。自分は作家になるのに、向いてもいない介護の仕事ばかりに時間をとられ、心身ともに消耗していていいのだろうか。しかも、離島という、活字文化に触れにくい環境で…。夢を叶えること、社会的に成功をおさめることだけが人生ではないとわかっていても、売れっ子どころかまだデビューのめども立っていない自分、まだ作家にも何者にもなれていない自分をできそこないのように感じ、イライラし、不安になってしまう。

公私ともに思うようにいかない生活の中でわかったことだが私が本当にしたかったのは、誰かの快適な生活を支えるためのいわば「裏方」の仕事ではなく、自分が表現者として芸術を発信し、「主役」になることだった。このとき読んでいた漫画『鬼滅の刃』の「心のままに生きる」という言葉が響いたのは、私自身が心のままに生きることができていなかったからなのかもしれない。そうでなければ、新型コロナウイルスの流行にショックを受けたそのときの一時的な気分で福祉業界を選び、大学卒業までに就職先を見つけなくてはいけないという風潮に急かされ、よく考えないまま、内定の出た今の職場に飛びつく…ということは起こりえなかった。進学先も、就職先も、全て自分の意思で選んだつもりになっていたが、いつの間にかそこには誰とも特定しがたい他者の意思が介在し、私は常にそれに振りまわされていたようだ。現に、自分に合っていないとわかっている今の仕事をずるずると辞められないでいるのは、就職したらせめて三年は粘るべきだという世間一般の「常識」に縛られ、流されているからに他ならない。私自身の生き方や進むべき道を決め、切り拓いていくのは他でもない私自身しかないというのに。

どうすれば、他者に迷惑をかけない範囲で、自分らしく、自由に、楽しく生きられるのだろうか。私の模索は、今日も続く。

五、女として、乙女として

物心ついたときから、「みんなと同じ」が嫌いな子どもだった。幼稚園の頃はいかにも女の子らしい色という理由でピンクを毛嫌いしており、体操着入れ、うわばき入れ、お弁当袋といった園に持っていく布小物は、母に頼んで全て水色で統一してもらっていた。

ランドセルも定番の赤は嫌で、少しひねって「ローズピンク」という渋めのピンク色のものを買ってもらったが、その頃には既にオレンジや緑、茶色などさまざまな色のランドセルが出回っていたし、女子に人気なのは赤系、ピンク系だったので、結局私は多数派に属することとなった。

運動靴もピンク色のものに限らず、いかにも女の子という感じのかわいらしいデザインのものは苦手で、小学校中学年から高学年の一時期は真っ黒で飾り気のないものを履いていた。スカートやワンピースを身にまとうのは、何か特別な行事のある日、たとえば家族旅行や誕生日、卒業式などに限っており、普段はズボンを愛用していた。

それでもクラブ活動は四年生、五年生と二年続けて料理・手芸・洋服クラブに入っていたので、「女の子らしさ」に対する漠然とした憧れはあったのかもしれない。(ちなみに六年はパソコンクラブだった)

中学校でも部活は家庭科部で、お菓子を作ったり、フェルトでマスコットを作ったり、薄手の布で人形の服を仕立てたり、細めのひもでミサンガらしきものを編んだりしていた。中学の女子の制服はスカートで、多少違和感はあったものの特に抵抗なく三年間着用し、通い続けた。私服は相変わらずズボンだった。

高校では上がリボンとネクタイ、下がズボンとスカートの選択制だったが、中学でもそうだったし、と、スカートを選択した。ただここでスカートをベルトのところで巻いて短くしてしまうと皆と同じになり、集団に埋没してしまう気がしたので、あえて巻かずに長いまま、「ダサイ」ままで放置していた。一見真面目に見えた私の校則通りの服装は、実は自分なりの反骨精神の表れだったのである。それでも普段おとなしく過ごしていたこともあり、先生からも級友からも真面目だと思われていた。

前述した通り高校では何の部活・同好会にも入っていなかったが、小・中合わせて五年ほど学校の手芸の集まりに属していたこともあり、家で気が向いたときにぽつぽつと縫い物を続けていた。自作の小説の登場人物をイメージしながら、人形の服を仕立てることもあった。

自分では己の特異性からくる生きづらさに悩み、その原因として性自認の問題を疑った時期でもあったが、社会一般のものさしからすれば私も女の子らしい女の子だったということになるのだろうか。母の世代の（一部の）少女たちがそうだったように、『ベルサイユのばら』のオスカルや、『ガラスの仮面』の姫川亜弓に夢中になり、（内心）キャアキャア言っていた。今はオスカルよりもアンドレの方が包容力があって素敵だなと思うが…。『ガラスの仮面』の亜弓推しは変わらない。

大学に入ってからは、通学時の服装が私服に戻ったことにより、皆が同じような格好だった制服時代とは違い、少しでも個性をださなくては、と奇をてらう必要はなくなった。一時期米澤よう子氏のパリジェンヌ本に触発され、ワイシャツの袖をまくってみたり、普段閉めているパーカーの前を開けてみたりと、着こなしを工夫したこともあったが、そのとき以外は特にこだわりもなく、もらいものの服を「普通の」着方で着ていた。人と違うことへの執着がなくなり、スカートや、フリルのついた服、ピンク色の衣類を好んで身につけるようになったのもこの頃だった。裁縫も続けていて、自分のパーカーやルームシューズ、帽子などがほつれたり穴が開いたりしたときは自力で修繕している。

就職し、家を離れてからは、私のかわいいものへの執着はますます強くなる。普段介護で汚れてもいいもの、動きやすいTシャツとスポーツウェアの下ばかりを着ていたせいか、もっときれいな服、きちっとした服を身につけたいという欲求が生じてきたのだ。休日くらいはおしゃれをしようと、島に来る前、引っ越しの荷物にスカートを一着入れたはいいものの、なんせ坂道と虫の多い山中での暮らしなので、出番はほとんどないまま終わりそうだ。襟ぐりの開いた、花柄のブラウスもまた然りである。就活のときはあれだけ着るのが嫌だったリクルートスーツの上下も、今はただ懐かしい。こちらは初めから留守番が決まっており、今も実家のクローゼットの中で、次の仕事を待っている。

パフェやケーキといったこじゃれたスイーツへの渇望もこの頃始まった。味覚が大人に近づいた中学生以降、甘いものへの関心が薄くなり、間食もほとんどしなくなっていた。しかし離島での一人暮らしと介護の仕事を始めてからは、精神的に疲れることが多くなったのか、何か甘いものが食べたい、かわいいお菓子を食したいと思う場面が増えていった。幸い近くに取り扱っている店がないのと、お金がないのとで、実際に乙女チックなお菓子を気の向くままに食べてしまうということはなかったが、月二、三回の夜勤の何回に一回かに自分へのご褒美としてチョコレートや菓子パンを買ったり、両親が島に遊びに来たときに普段買えないイチゴをおねだりしたりということはあった。

日用品で言えば、かわいい便せん、かわいいメモ帳といったファンシーグッズが欲しくなり、バスで片道五八〇円かけて島の中心部へ行き、文具とファンシー雑貨の専門店を訪れたこともあったが、思ったより値段が高かったのか、それとも値段が書いていなくて不安になったかのどちらかで、何も買わないまま帰ってきてしまった。それまで文具など書ければ何でもよいと思っていたのだが、売っている店が近くになく、しかも商品の選択肢が少ないとなったとたん急にデザインにこだわりたくなったり、かわいいものが欲しくなったりするので困ったものである。

もし実家暮らしに戻って、すぐ近くに色々なものがあるのがあたりまえの環境に戻れば、文具も菓子も服もどうでもよくなって、ほとんど買わなくなるか、安いものを適当に買いそろえて満足するようになるだろうから、物欲の増大についてはあまり心配はしていない。大好きな本だって今は二、三ヶ月に一度帰省するたびに実家近くの書店で買っているが、以前は図書館で借りて読むのが日常だった。また実家住まいに戻れば、本の主な入手先は図書館に戻って、新作のものでどうしても読みたいものができたというとき以外は買わなくなるだろう。そのケチ根性によって出版業界の衰退にさらに拍車がかかってしまうとあとで困るのは私自身なので、月に一冊くらいなら買ってもいいのかなと思わないでもないけれど。それは今後の自分自身の懐具合と要相談である。

実家で暮らしていた頃、特に文学への偏愛が強くなった高校生以降ほとんど見なくなっていたテレビをまた見る（とは言っても本当にたまにだが）ようになったのも島で一人暮らしになってからだ。仕事での休憩時間中に職場事務室の休憩スペースでテレビをつけ、たまたまやっていた音楽番組でアイドルグループが出ていたりすると、やっぱりイケメンや美少女っていいな、とそれまで忘れていたはずの乙女心が息を吹きかえし、胸がときめくのだった。現在は特定の応援しているグループがあるわけではないし、そもそもどんなグループがいるのかもあまり詳しくないが、心のうるおいになるし、交友の幅も広がりそうなので、のめりこみすぎて出費がえらいことになるという状況に陥りさえしなければ、ファン活を始めてみるのもよいのかなと思っている。

六、忘れられない言葉たち

「迷ったときは、挑戦する方を選んでください」

これは、私が小学校を卒業するときに、六年生の担任団の一人で、社会科を受け持っていた若い女の先生が、学年全体に向けて贈ってくれた言葉である。聞いた当時は反抗期・思春期まっさかりだったこともあり、何だよ面倒くさいなと思ったが、十年以上経っても覚えているということは、何か琴線にふれる部分があったのかもしれない。中学では引っ込み思案な性格に負けて憧れの演劇部に挑戦できず、大学でフランス留学の機会が訪れたときも怖くて申し込めず…と逃げることの多かった私の半生だったが、離島行きや小説新人賞への応募には挑戦できたのでまあよかったのかなと思っている。

敬愛する岡本太郎も迷ったときは危険な方に飛び込めという言葉を残しているし、迷ったときは面白そうな方を選べというのはよく言われることである。自分にとって新しいこと、ワクワクすること、ドキドキすることに挑戦することが、人生に彩りを与え、生きがいにつながっていくということなのだろうか。

幼い頃から、他者の言葉に強く影響され、その後の生き方さえ大きく左右されてしまう方だった。それは直接聞いた・読んだ言葉だけに限らず、誰かからまた聞きした言葉においても同じだった。小学校を卒業する頃だったか、中学校を卒業する頃だったかは覚えていないが、教育相談所で私のプレイセラピーを担当していたソーシャルワーカーの先生が、「晶子ちゃんが、晶子ちゃんみたいな子（＝発達障害またはその傾向がある子どものこと？）の気持ちを代弁する本を書いてくれたらいいのに」と話していたと、母から聞いた。私が書きたいのは小説であって実用書ではない。もしデビューが叶ってもそのような本を書くことは申し訳ないけれど、恐らくないだろう。しかし確かに、これを機に、自分のためだけにではなく、他の人のために書くことを意識するようになった。自分の書くものはたいしたものじゃないかもしれないけど、読んだ人がほんの一瞬でもつらい現実を忘れ、楽しい気持ちになってくれたらいいな、と。

同じことは、仕事のことで迷って相談したとき、父からも提案された。いま晶ちゃんがしている介護の仕事は目の前の利用者さんしか助けられないけど、芸術なら間接的にもっとたくさんの人を幸せにできる。人助けをしたいなら必ずしも福祉の仕事にこだわる必要はないのではないかと。

思えば、人間関係においてはずっと受け身の半生だった。小学校では声をかけてくれた子と遊び、中学でも親しくしていたのは小学校からの知り合いと、先に話しかけてくれた子ばかりだった。高校では内気なあまり友人ができず、大学ではたまに話すくらいの仲間はできたものの、連絡先を交換したり、一緒にどこかへ出かけたりというところまでは至らなかった。人付き合いが苦手で、いつも他者と自分との間に壁をつくってしまうような人間が、どうして「利用者に寄りそう支援」などできようか。まだまだ対人関係の基礎を、仕事を通して学び始めたばかりで、他人のことどころか、自分のことだけで手一杯だというのに。仕事を覚え、対人関係にも慣れ、他の人を思いやる余裕が出てくるのは当分先のことだろうし、下手するとそんな日は永遠にこないかもしれない。言葉によって物語をつづる仕事も、私自身が優れた先人の作品を見て作家を志したように、誰かの人生のあり方を大きく変えかねない、責任の重い仕事である。しかし、自分の小さな不注意が原因で利用者の命と健康を危険にさらしてしまうこともある福祉の仕事は、それ以上に重たい気がして、私にはとても背負えそうになかった。

自分自身にも動作性知能（運動や数字の計算などにかかわる知能）と言語性知能

（知識の暗記や語彙力にかかわる知能）のアンバランスさ、自閉症スペクトラムの傾向（障害というレベルではないにせよ）といった発達面の課題があるのにもかかわらず、特別なニーズのある人たちの支援ができるのか。かといって入社から三年どころか一年もたたないうちに仕事を辞めて、次の副業にありつけるという自信もない。そもそも集団行動が苦手な私に、組織で働くという仕事のあり方は合っていないのではないか。最終的にはサブの仕事をやめて、専業作家として執筆に邁進するつもりだとはいっても、文筆業一本で食べていけないうちは、お金を稼ぐための副業にかける時間が、生活の中で最も大きな比重を占めることになる。そういった意味でも、副業選びをおろそかにするわけにはいかなかった。いくらサブの仕事でも、ある程度自分に合ったものでないと、続けられないし、何より幸せな生活につながらない。

そんなとき、心の支えとなったのが、ヤマザキマリさんの『仕事にしばられない生き方』に登場する、貧しさの中で病死してしまう詩人のエピソードだった。その悲しい現実の物語について、たとえ野垂れ死にのような悲惨な結末を迎えることになったとしても、どうしても芸術に一生を捧げざるを得ない人たちがいて、そのような生き方は決してムダなものではないとヤマザキさんは書いていた。

もちろん芸術のために命を捨てる覚悟が私にあるかと訊かれたら、答えは否だが、泣いても笑っても人生は一度きり。それなら岡本太郎が言っていたように死ぬこと、危険な方に賭けて、思い切って好きなことを貫く生き方を選んでもいいのかもしれない。そう思っただけで、事態は何も解決していないのに、だいぶ気持ちが明るくなった。

私がつづる言葉は、誰に、どんな影響を与えるのだろうか。私のつむぎ出す物語は、読む人にどんな印象を与えるのだろうか。文学賞に応募しても初めの二回と同じように落とされてしまうかもしれないし、これから始めようと思っている小説投稿サイトへの投稿だって出したところで読んでもらえるとは限らない。書いても書いても努力が報われず、書くことが嫌になって作家になることを断念してしまう可能性だって十分にある。それでも、今の自分には発信すること、書くことが必要だと思うから、こうして文章を書き続けている。自分の中にある苦しい思い、切実な願い、少しずつ湧き出してくる物語を書き残し、吐き出さないと、心が、体が、おかしくなってしまいそうだった。どんなに人見知りで、話すことが苦手でも、人間である以上、伝えることと、発信を通して他者とつながることをやめてしまっては生きていけそうにない。誰かのためではなく、自分が死なないため、自分のために書いている。そんなエゴイスティックな作品でも読む人の心を動かすことはあるのだろうか。書いても苦しいし、書かなくても苦しくて人生が嫌になる。

　私のような凡人が芸術をやる意味とは何か。生意気にも色々と頭を悩ませる。別に芸術じゃなくても書くことで食べていけたらそれでいいと思うし、芸術にこだわるにしても文学や小説というジャンルにこだわらず、絵や音楽、写真など、そのときそのときの気分で色々なものに挑戦してみればよいのだと思う。小説一つをとっても、芸術性の高い純文学から、皆に楽しんでもらえる娯楽小説、マンガ好き・ゲーム好きのためのライトノベルまで様々な種類があるし、子どもの頃親しんだ児童文学の世界も興味深い。小学生の一時期は詩を書いていて、今は就活生時代に大学のキャリアセンターで紹介された文学賞に向けてこのエッセイを書いている。――やりたいこと・やったことだけが自分なんだ。肩書きや職業の枠にしばられず、誰もが好きなように、縦横無尽に生きたらいい。岡本太郎のこの言葉に背中を押され、今日も私は、ペンを片手に、原稿用紙を広げるのであった。

冬の海

あれは、中学に入って一年目の冬だっただろうか。当時、私はクラスでのけ者にされており、毎日学校に行くのが嫌でたまらなかった。あの日も例のごとくどうしても気が乗らず、遅刻ぎりぎりの時間まで家でだらだらしていたのをよく覚えている。

重い腰を上げて家を出た午前八時、風はまだ冷たく、冬の冷気が容赦なく私の耳を刺す。外に出て五分も経たないのに、寒さが体の芯まで浸みてきて、つらい。ああ、早く帰りたい、帰りたいと思いながらも私は歩き続けた。できることなら今すぐ引き返して、暖かい家で熱々のココアでも飲みたいところだったが、一度玄関を出てしまった手前、今更引き返すわけにはいかない。私は北風の中歯を食いしばり、固いアスファルトを一歩一歩踏みしめた。登校を渋る足はなかなか思うように動いてくれない。あまりにもその動きがぎこちなかったので、ギシギシ、ミシミシと自分の関節が鳴る音が聞こえてくるようだった。傍から見れば、私は壊れかけのねじ巻きのおもちゃか何かに見えたことだろう。しかも、飛び抜けて動きの悪い不良品に。

いつもの横断歩道まで来ると、私は足を止めた。信号は赤。急がなくてはならないのによりによって赤だった。他の季節ならたった二分、三分だが、冬においてはそんな悠長なことは言っていられない。こんなに寒い中で棒立ちになって二分も三分も待っていたら風邪を引いてしまう。もちろん、学校の始業時間にも間に合わないだろう。私は今度こそ帰ろうと思ったが、皆勤賞を狙っているので思いとどまった。しかし、よく考えてみると、今から行ったところで待っている結果はどうせ遅刻である。登校しようとしまいと皆勤賞はもう望めない。まあ、いいだろう、まずは出席することに意義があるのだから…。

その時、風が吹いた。どこかで嗅いだことのある匂い。どこか懐かしい感じのするこの湿り気。私はふと幼い頃のことを思い出した。白い陰鬱な空に、寂しげな灰色の海。その寒々しい景色の中、小さな姉と私が笑いながら駆けていく。小雨の中、足にまとわりつく冷たい砂をはね散らかしながら楽しんだ波打ち際の鬼ごっこ。晴れ渡る青空の下、光を受けて輝く紺色の海。強い日差しの中、パラソルの下で食べた冷たいソフトクリーム。幼い頃、よく遊びに行ったあの海が、風になって、私を呼んでいる。特に根拠もなくそう思った私は、この寒い中、急遽行き先を変えて海に行くことにした。

私はいつものように駅に向かって歩いた。中学にはこの駅から電車で三駅先まで、海にはずっと先の駅まで行けば着く。確か終点まで行ってそこから別の路線に乗り換えればいいはずだったが、そこから先がわからない。早くも無事にたどり着けるかどうか怪しくなってきたが、いざとなれば駅員さんに訊けばいいし、まあなんとかなるだろう。歩道を駅に向かって猛然と走っていくサラリーマンや学生服の少年を尻目に、私は優雅な散歩を楽しんだ。普段なら私もこの道を走り、ホームの階段を駆け下りなくてはいけないのだが、今日はそうしなくてもいいので嬉しかった。

いつものように改札を抜け、階段を下りていると、普段通り多くの人とすれ違った。キャラメル色のロングコートを着たお姉さん、黒いトレンチコートを着たおじさん、赤いダウンジャケットを着たおばさんなど、いろいろな人がいたが、どの人も皆一様に疲れた顔をしていた。大人になると寝ても疲れが取れないという話はよく聞くが、それは決して都市伝説ではないようだ。かくいう私も幼い頃と比べると確実にパワーダウンしており、毎日のように体がだるい状態が続いている。そして、中学生の時点でこれなら、四十、五十になる頃にはもうヨボヨボのおばあさんだな、と勝手に思い込んでしまう今日この頃。できることなら長生きはしたくない。

ホームに降りると、電車を待つ人の姿がちらほらと見受けられる。中には制服姿の中高生と思われる人もいて、あっ、遅刻仲間だ、と思って少し嬉しくなってしまう。

それでも同年代の人は少し苦手なので、制服姿の彼の後ろに行くのは止めて、隣の列のＯＬさんの後ろに並んだ。もっと端の方に行けば誰も並んでいない場所がたくさんあったが、そこまで行くのが面倒くさいのと電車がそろそろ来るのとで、どうしても動く気になれなかった。ああ、なぜ私という人間はここまで怠惰なのだろう。と、自分でもつくづく嫌になってしまう。せめてあとほんの少しだけ勤勉になれたら良いのだが…。私は心の中でため息をつくと、うつむいていた顔をそっと上げた。気持ちはブルーでも、見た目だけは元気にしなくてはならない。いつどこで誰が見ているかわからないのだから。

その時改めて私の視界に映ったＯＬ風の女性は、少々危なっかしい荷物の持ち方をしていた。彼女はピンクの鞄を肩から提げていたのだが、その鞄の口のファスナーは大きく開いたままで、中の財布やスマートフォンが丸見えになっていた。これではプロのスリはもちろん、私のような素人でも簡単に中身を盗めてしまいそうだ。他人事ながら少し心配になって、何度も声をかけようか迷ったが、怪しい人だと思われても困るので、そのまま放っておいた。やっぱり言っておいた方がよかったかな、とモヤモヤしているうちに電車が来た。やはり内気だとなかなか人に親切にできない。

私が電車に乗り込んだときはまだ通勤ラッシュの時間帯だったが、下り方面の列車だったためそれほど混んでいなかった。とはいえ、さすがに空いている席はなかったので、ドア付近の手すりの前に陣取り、安全に立ち乗りをすることにした。この場所だと、降りる人が出るたびにどかなくてはならないが、景色もよく見えるし、何より他人と目が合わずに済むので、人間嫌いの私にとってはなかなか都合の良い場所だった。電車の窓に貼られた漫画の広告を見ていると、電車の発車を知らせるベルが鳴り、後ろで反対側のドアが閉まる音がした。冒険の始まりである。私は思わずにやにやしてしまった。これで今日だけは面倒な日常から逃れることができる。

電車が動き出したときは、それなりに楽しい気持ちになっていた私であったが、いつものように一つ目の駅、二つ目の駅を通り過ぎ、学校のある三つ目の駅が近づいてくると、急に気持ちが暗くなってしまった。私の中学は二駅目と三駅目の間の線路沿いにあるので、下手すると車窓からその忌々しい姿を見る羽目になるかもしれない。そう、あれだ、あの豆腐みたいなのっぺりした白い建物。今は一瞬で通り過ぎてしまったためよく見えなかったが、本当は壁も汚いし、屋根の塗装もはげている。どう見ても建物の手入れがずさんで、生徒も皆無愛想で、自分でもよくこんなずさんだ雰囲気の学校を選んだなあと思う。元々行く予定だった、近所の中学校なら、家から徒歩十分で行けるし、校舎も改装したばかりで比較的キレイである。しかし、私は乱暴な小学校の同級生たちと同じ中学に進みたくないという「わがままな」理由でその学校への入学を拒否し、修学旅行先が沖縄だというしょうもない理由で今の学校を選んでしまった。おかげで休み時間はいつもひとりぼっち、給食の時はいつも一人だけ机の周りに微妙な隙間を空けられ、何かのグループ決めではいつも「余り物」でなかなかどこにも入れてもらえない。一部の女子のグループには、すれ違うたびにクスクス笑われるし、消しゴムやシャーペンもしょっちゅうなくなる。これなら、多少苦手な子がいても、我慢して友達がいる地元の中学に行った方がよかったのではないか。たかが二、三日の修学旅行のためにこの学校を選んでしまったことを、私は今とても後悔している。

頭に浮かぶうっとうしい雑念を払い、窓の外の風景に集中する。憂鬱な学校の駅を越えると、その隣には私の街では比較的都会の大きな駅がある。ここには特急も止まるし、市の中央図書館もある。幼い頃から大の本好きだった私は、面白い物語を求めてしばしばここに通ったが、中学に入ってからは学校方面に行くのが憂鬱だという理由で、次第に足が遠のいていった。そのせいか最近は本を読むこと自体あまりしなくなった。そういえば、最後に学校の図書室に入ったのはいつだっただろうか。少なくとも一学期までは盛んに出入りしていたような気がするが、どうだろう。あまり覚えていない。

さて、図書館と疎遠になってしばらく忘れていたことだが、図書館の駅は大きい駅なのでたくさん人が降りる。私は空いている席を見つけてさっと座った。朝の電車で座れるのは久しぶりのことだった。私が普段行き来している区間には小さい駅しかないので、人の入れ替わりはほとんどなく、混んでいる朝の時間帯は座れないのが常であった。それでも帰りはガラガラで座りたい放題なのだが。いずれにせよ、今日は、いや、今日もスカートなので座り方には気をつけなくてはいけない。女子の制服は少し不便だ。どこかの高校のように女子もズボンを穿けるようにしてくれればいいのに、と思った。

騒がしい図書館の駅を出ると、電車は地下のトンネルに入っていった。電車の揺れる音とゴーッという風切り音がうるさくなる。トンネルは嫌いではないが、あまり長く続くとさすがに飽きてしまう。トンネルの中だと、何も変わらない真っ暗闇が延々と続くだけで、何の刺激もなく、退屈してしまうのだ。困ったことに、あと四、五駅ぐらいはずっとトンネルの中だったはず。いや、空想が得意でなかなか退屈しない私が退屈したぐらいだから、十駅ぐらいはあっただろうか。いろいろと考えているうちに馬鹿馬鹿しくなってきたので、私は考えるのを止めた。いつもならここで暇つぶしの本を取り出すところだが、今日はあいにくつまらない学校の教科書しか持っていなかった。仕方ないので読書はあきらめて新しい小説のストーリーを考えることにした。以前から書きたいと思っていた恋愛小説の構想があるのだが、書きたいキャラクターははっきりしていても、それをどう動かしていけば良いのかがわからない。つまりキャラクター設定はできていても、肝心のストーリーの部分がなかなか思いつかないのである。小三で小説家を志してから早五年。作品を書きかけたことはたくさんあっても、最後まで書き上げたことは一度もない。

電車は低いビルが建ち並ぶ繁華街を抜け、小さな一戸建てが隙間なく並ぶ雑多な住宅街を通り過ぎ、ついには森の中へと入っていった。最初の駅から二十何駅も進み、いよいよ終点が近づいてきたようだ。途中で眠ってしまった私にとってはそれほど長く感じなかったのだが、時計を見ると既に出発から一時間半もたっていた。乗り込んだときはたくさんいたはずの乗客も、気づけばだいぶまばらになっている。私はなんだか不安になってきた。昔来たときは、電車はいつも満員で、ホームは人でごった返していて、なかなか身動きの取れない状態になっていた。ハイシーズンの夏はもちろん、オフシーズンの冬でも、人混みの中ではぐれないよう、必死になって父の腕にしがみついていた記憶があるのだが、それは私の思い違いだったのだろうか。

ホームに降りても、やはり乗客の姿はほとんどなかった。いくら田舎の駅とはいえ、終点の大きな駅だし、近くにちょっとした観光地もあるのに、人が全然いないのはさすがに不自然に見えた。階段を下りて構内に入ると、広々とした駅舎の中はがらんとしていて、他の乗客の姿はなかった。人の気配のない静かな空間に、私の足音だけが不気味に響く。本能がもう引き返せと伝えていたが、私は既に乗り換えのために、次の路線の青いアイコンを探していた。せっかくここまで来たのだから、幼い頃によく訪れたあの海をしっかり見ておきたかったのだ。片道で電車二時間となると、そう気軽に訪れることはできない。

　気を取り直して次の路線に乗り換えると、やはり電車は不思議なくらい空いていた。私が乗った車両に至っては、私以外には誰も乗っていなかった。電車が空いているのはありがたいことだが、さすがにここまでがらんとしていると不気味である。今は冬場で、夏にはたくさんいる海水浴客がいないので、普段と比べて人が少ないのは当たり前のことかもしれないが、何となく嫌な予感がした。

　しばらくすると、私の車両に一組の老夫婦が乗り込んできた。二人とも仕立ての良いグレーのスーツを着ていて、姿勢もよく、どことなく上品そうな感じだった。女性の方は私とは違って、スカートを優雅に穿きこなしている。その様子をぼんやり眺めていると老紳士が話しかけてきた。

「お嬢さん、遅刻かね」

「急ぐなら、向かいの電車の方が早いですよ」

「あっ、はい、ありがとうございます」

　別に乗り換えるつもりはなかったが、「遅刻」に見える身で、まさか急がなくても大丈夫ですと伝えるわけにもいかなかったので、私は二人にお礼を言ってからそそくさと電車を降りた。やはり制服姿だといろいろと都合が悪い。電光掲示板を見ると、向かい側に来る列車は特急で、どうやら海の駅には止まらないようだ。忠告通りそれに乗っても仕方がないので、私は再び元の電車に戻ることにした。もちろん先程の老夫婦に出くわさないように、ホームのうんと端の方に移動して、先程とは違う後ろの方の車両に乗り込んだ。ここなら誰もいないはずだ。

　それから十分ほどたって、ようやく電車が動き始めた。この電車が向かい側のホームの特急と「待ち合わせ」していたせいでだいぶ時間を食ってしまったようだ。こんな面倒なことをしなければさっきのお節介な二人組にも会わずに済んだのに、と思ったが、鉄道会社にも他の乗客にもいろいろな事情があるのだから、そこで腹を立てても仕方あるまい。イライラするのは体に悪いので、私はもう気にしないことにした。

ここからは気持ちを切り替えて楽しく過ごそう。そう思って顔を上げると、ちょうど窓の外に緑の森が見えた。冬になれば木は皆葉を落として枯れ木のようになるものだと思っていたが、この地域では案外そうでもないようだ。寒さに強い針葉樹だけでなく、普通は葉を落とすはずの広葉樹も青々とした葉をつけている。そういえば私が住んでいる町でも、木々にはまだ緑が残っていたような気がする。もしかしたら、植物たちは私が思っているほど軟弱ではないのかもしれない。少なくとも、寒さに対する耐性という面では。

電車は広い森を抜け、終着駅のある小さな町に出た。遠くの方に見える海は空と同じ白っぽい灰色をしていた。朝の天気予報では、一日中晴れということになっていたが、この空だともしかしたら雨が降るかもしれない。私はげんなりとした。海に着いたら浜辺の散歩を楽しもうと思っていたのだが、雨となるとそうはいかない。水でグチョグチョになった砂浜を歩こうものなら、せっかくの新品のローファーが台無しになってしまう。「おしゃれに気を遣う思春期の女子」としてそれだけは避けたかった。私は素直に浜辺の散歩をあきらめ、代わりに島の頂上にある展望台を目指すことにした。あそこなら、砂浜のような大量の砂はないので、雨が降っても靴はあまり汚れないはずだ。どちらに行くにせよたくさん歩くことに変わりはないので、どうか雨が降りませんようにと願いながら、私は窓の外の暗い空をじっと見つめていた。

　私が降りた海辺の駅は、以前訪れたときよりもさびれているように見えた。竜宮城をイメージして作られた駅舎の壁は、赤い塗装がはがれてすっかりみすぼらしくなっていたし、床には落ち葉が散乱し、隅の方には空き缶やタバコの吸い殻などのゴミも落ちていた。例のごとく客の姿はほとんど見当たらなかった。改札機の横の売店や窓口にも人の姿がなく、そこだけ明かりが消えている。今日この駅のスタッフは全員お休みなのだろうか。ごみ拾いの人も、作業着姿の清掃員の人も今日は姿を見せない。

　人のいない改札を出ると、外では小雨がぱらつき始めていた。私は通路の端の方に寄ってリュックを下ろすと、中からくすんだ水色の折りたたみ傘を取りだした。この傘は小五の林間学校の時から使っているもので、大して古いものではないのだが、元々作りが雑だったのか、使い始めてから半年ぐらいですぐガタが来てしまった。一昨日のみぞれの日にはずっと閉じたままで全く使い物にならなかったが、今日はちゃんと開いてくれるだろうか。期待を込めて傘の付け根のところを上に押し上げようとしてみたが、金具がさび付いているのか全く動かなかった。仕方ないので開かない傘はそのままにして、家から着てきた大ぶりのダッフルコートで雨をしのぐことにした。このコートには分厚いフードが付いているので、このくらいの雨ならなんとか防げるはず。私は自分にそう言い聞かせて外に出た。幸い雨はそれほど強くなかったが、外は予想以上に寒かった。かさばるブレザーの上から厚みのあるダッフルコートを着ていても寒い。スカートだけだと足が寒いからと母が用意してくれた厚手のタイツもあまり役に立たなかった。もし男子に生まれてきたら今頃は暖かい長ズボンを穿いて快適に通学していたのだろうな、と思ったがそんなことを考えても仕方がない。夏に限っていえば薄いスカート一枚で通学できる私達の方が快適に過ごせているのだろうし。…でもやっぱりスカートはなんだか煩わしくて好きになれない。ズボンの方が自由に振る舞える気がする。そう思うのは私だけだろうか。

どうでもいい話だが、私は幼い頃から「女の子らしくない」子どもだった。おままごとなんてしたためしはないし、見るのはいつも「男の子向け」のヒーロー番組で、毎日のようにそのまねごとをして遊んでいた。好きな漫画は少年誌のボクシング漫画、髪型は幼稚園の頃からずっと「男の子みたいな」ショートカット。いかにも「女の子」という感じの、ふりふりの服や、ピンク色の小物はどうしても好きになれなくて、中学に上がるまでは、持ち物は大体黒い無地のもので、服装は「ボーイッシュ」、スカートなんてほとんど穿いたことがなかった。それが今では（学校側から強制されたとはいえ）毎日スカートを穿いて通学しているし、日差しの強い日は必ず日焼け止めを塗ってから出かけるし…自分の急激な変化には何か不気味なものを感じる。もしかしたら私は既に私ではなくなっているのかもしれない、と思ってしまうほどだ。さすがにそれは言い過ぎかもしれないが、「女らしく」なろうとすることで、かえって私らしさから遠ざかっているのではないかという感じはあった。

広々とした駅前広場を歩いて、海にかかる長い橋にさしかかった頃、私はおなかが空いていることに気がついた。時刻は十一時三十二分。確かにそんな時間だった。島に着いたらお昼にしようと思ったが、あいにく弁当も小遣いも持っていない。どうしようかと思案しているうちに島に到着した。道の両側にはおいしそうな食べ物を売っている屋台がずらりと並んでいて、匂いや音で私を買え買えと誘ってくる。肉まん、たこせんべい、じゃこコロッケ、ラムネ、ソフトクリーム…どれも私の大好きなものばかりだった。ああ、ちゃんとお小遣いを持ってきていたらなあ…。おなかの虫をグーグー鳴らしながら急な階段を一人で登っていると、頭がくらくらしてきて、なんだか気持ち悪くなってきた。遠くの方から漂ってくる潮のにおいも吐き気をますます増幅させてくる。それでも私は足を止めることなく階段を上り続けた。確か頂上に行けばどこか座れるところがあったはずだ。休むのは着いてからでも遅くないだろう。

気がつけば雨が止んでいた。空は相変わらず曇っているが先程と比べればだいぶ明るくなっている。直感でそろそろ日が出てくるなと思った。頂上までの道はどう見ても長そうで、体力のない私は早くもリタイアしたくなっていたはずだが、回復してきた天気を見た途端、急にやる気が出てきて、もう少しだから頑張ろうという気持ちになった。しかしその効果は一時的なものに過ぎなかった。延々と続く急な階段だけでもかなり体力を奪われるのに、空腹と吐き気があるとなるとさらに消耗が激しくなってくる。私は頂上に直行するのをあきらめて、中間地点にある神社で一休みすることにした。確か神社には朽ちかけた古いベンチ数脚の他に、座って休める場所はなかったと思うが、それでも足場の悪い階段にいるよりはまだ良いだろう。

それからしばらくして、私はヨロヨロしながらも無事に階段を登り切り、なんとか中間地点の神社にたどり着くことができた。白い曇り空の下、人のいない広々とした境内を歩くのは、たとえ体調が悪いときでも、なかなか風流なものに感じられた。この神社は、縁結びの神様をまつっているところで、普段なら私が一番見たくないもの…幸せそうなカップルたちで一年中賑わっている場所である。これほど空いているのはおそらく台風の時ぐらいではないだろうか、などと考えながら広い敷地をぐるりと見回した。困ったことにベンチは見つからない。数年前までは確かに五、六脚ほどあったはずだが、人がたくさん来ることを想定して、通行の邪魔にならないようみんな撤去してしまったのだろうか。ベンチだけでなく、去年まであった緑の雑木林もいつの間にかなくなっていた。前より広く感じたのはそこをつぶしてさらに敷地を広げたからであろう。…確かに空の見える開放的な神社というのも魅力的なのかもしれないが、ホラー好きの私にとってはただただ殺風景なだけだった。木がたくさん植えてあって、その暗がりに何かが潜んでいる…。そんなすごみがないと正統派の神社とはいえないのではないだろうか。あまりの変わりようにすっかり腹を立ててしまった私は、気分が優れないのも忘れて、憤然と階段を駆け上がった。痛々しい切り株も、すっかり様変わりしてしまった神社も、もう見たくなかった。

遠くの方からトンビの声がする。気がつかないうちに随分と上の方まで登っていたようだ。時刻は十二時四十八分。あれほどひどかった空腹もすっかり落ち着いていた。慣れてしまえば、何事も感じられなくなるのだなと思った。もう潮のにおいを嗅いでも気持ち悪くならないし、空腹時特有の脱力感もない。今日一日くらいなら何も食べなくても大丈夫だと思った。うまくいけば二、三日だって持つかもしれない。それならダイエットにも苦労しないのだが…。我慢できるのはせいぜい一日半といったところか。

頂上に近づくにつれて、風がどんどん強くなってくる。冷たい風を顔に受けながら、私は去年初めて乗ったジェットコースターのことを思い出していた。卒業前に友人三人で出かけた遊園地。私は絶叫マシンというものに興味はなかったのだが、何となくその場のノリでジェットコースターに乗せられることになってしまった。落下時の恐怖はそれほど強くなかったものの、急な下り坂を猛スピードで駆け降りたときに正面から強い風がきて息が苦しかったものだから、もう自分は死ぬのではないかと思ってギャアギャア騒いでしまった。あのときはもう乗らないと言っていたが、今振り返れば、その妙な苦しさ、あの脳に酸素がなくなってぼうっとするような感じが一番楽しかったように思える。どちらにしろ、私を遊びに誘ってくれる友達はもういないのだから、ジェットコースターのことは早く忘れたほうがいいのかもしれない。遊園地で遊ぶとお金もかかるので。

午後一時を少し過ぎた頃、私はようやく島のてっぺんにある展望台に到着した。展望台といっても別にタワーのような高い建物があったり、ワンコインで使える備え付けの双眼鏡があったりするわけではない。ただ、断崖絶壁の海に突き出した部分がぼろい木製の柵で囲ってあるだけだ。あとは木が植えてあったり、ベンチが置いてあったり、枯れて茶色くなった芝生が残っているくらいで、そこら辺にある小さな公園とそんなに変わらない。私はベンチに腰掛けた。今までこの島を歩いていてへとへとになっている人は見たことがないので、本来ここを登るのはたいした運動ではないのだろう。しかし、運動不足の私にとってはなかなかきついもので、途中で息切れし、終わったときには足がガクガク痙攣していた。力が抜けて思わずへたり込んでしまったほどだ。自分なりにはたくさん動いてのどが渇いたので、リュックの口を開けて中をごそごそ探ってみたが、水筒はいくら探しても見つからなかった。どうやら家に忘れてきてしまったようだ。せっかく温かいほうじ茶を入れてきたのに残念でならない。自業自得のくせに恨み言を言うのもなんだが、全く、ずる休みした子はご飯を食べるな、水も飲むな、なんて、本当にどうかしている。少なくとも普段の私は、普通に学校に行っている子たちよりもずっと頑張っているのに。

自分勝手な感傷を胸に、憤慨しながら近くのベンチに座り直すと、突然言いようもない寂しさが込み上げてきた。ここにはとにかく色がない。どこまでも続く白っぽい空も、果てしなく広がる大海原も、自分が持ちうる一切の色彩を消し去って、見る者をよそよそしく拒絶している。頬を打つ冷たい潮風も、私の深い孤独感にますます拍車をかけた。私はふと考える。今頃、クラスメイトたちは学校で何をしているのだろうか。自由に過ごせる休み時間？　それとも厄介な数学の授業？　どちらにせよそこに私の居場所はなかった。休み時間はいつもひとりぼっち、授業では落ちこぼれ。教室では、皆が私を軽んじ、いないものとして扱った。そんな時、私はいたたまれなくなって隅っこで縮こまり、ひたすら時間が経つのを待っていた。だから、もう、あの部屋には戻りたくない。では、この海になら居場所はあるのか？　本当にここに来てよかったのだろうか？　ここに来たのは単なる逃げではないのか？　もっと他にやるべきことがあるのではないのか？　自分はどうしたいのか、それさえもわからなくなってくる。そうこうしているうちにまた空が暗くなってきた。顔に当たる潮風からもかすかに雨のにおいがするし、空気がじっとりとして重たいし、もしかしたらまた雨が降るのかもしれない。私は後ろに飛ばされていたフードをかぶり直した。先程よりも風が強くなっていた。遠くの方にはモーターボートが見えるが、こんな寒い日でも風の強い海上を駆け抜けたい人がいるのだろうか。強い潮風が当たってより寒くなるのに。本当に、どうかしている。

寒々しい海の光景から視線を横にずらすと、真っ赤な自動販売機が見えた。近づいて見てみると、コーンポタージュ、お汁粉、ココアなど、今すぐにでも飲みたくなるような温かい飲み物が売られているのがわかった。しかし私にはお金がない。あきらめて冷たいベンチに戻るとますますわびしさが増した。これからは中学に行くときも少額のお金は持ち歩くようにしよう、と私は心に誓う。先生に見つかるといろいろ面倒なことになりそうだが、実際、このような緊急の需要もあるわけだし…。

　再び海の方へと視線を戻す。暗い灰色の空に、無機質な鉛色の海。これほど寂寥感のある光景も他にはないだろうと改めて思った。あれほど騒がしかったモーターボートも、いつの間にか姿を消していた。私は立ち上がって、断崖絶壁の海につきだしたところまで歩いていった。柵に腕を乗せてのぞき込むと、すぐ下は海だった。岩の割れ目に入り込んだ水が、壁に当たってぐるぐると渦を巻く。水面からはだいぶ距離があるのに凄い迫力だった。ぼんやりしているとすぐに引きずり込まれてしまいそうで、私は乗り出していた体を後ろに引いた。水のゴオゴオ鳴る音と、風のビュウビュウ騒ぐ音が、私の意識を飲み込んでいく。凍えた顔を上げると、遠くの方に水平線が見える。まだ行ったことのない海の向こう、あの先には私の知らない国がたくさんあるのだろうか。それとも今は亡き人々の眠る黄泉の国があるのだろうか。どこまで行けばまた死者たちに会えるのだろう、などと、きょうだいを亡くしたことのある私はつい余計なことを考えてしまう。

　私の姉は九年前、私が四歳の時に水の事故で亡くなった。たった七年の短い人生だった。本当にそれが「事故」だったのかは定かではないが、その事故以来、両親は私が水場に近づくことを禁じるようになった。たまに二人のなじみのこの海に連れて行ってくれることはあっても、ただ展望台から眺めるだけで、それ以上のこと、例えば泳いだり砂浜を歩いたりということはさせてくれなかった。私自身もあまり泳ぎたいとは思っていなかったので、二人の決定にはすんなり従った。またあの海で泳いだら、私も姉と同じような目に遭ってしまうのではないかという気がして、怖かったのだ。だが、今はむしろそうなってしまった方がよかったのではないかとさえ思っている。両親は、あの事故以来姉のことしか考えていない。食卓に姉の好物だったトマトが上がるたびに、そういえばお姉ちゃんはいつもこればっかり食べていたね、ごちそうがたくさん並ぶレストランのバイキングでも、と思い出話が延々と続き、私が母に口答えすると、お姉ちゃんは素直だったのにあなたは、とお説教が始まる。目の前にいる子どもは私だけなのに、話題に上るのはいつも姉のことばかりで、私のことは全然話してくれない。だから、不謹慎だとわかっていても、やきもちを焼き、いつも意地悪なことばかり考えてしまう。もし、あのとき死んだのが私だったら、私だけが二人のかわいい子どもでいられたのかな、と。そんなことを考えたってただ寂しいだけなのに。

風が強まり、波のゴオゴオという音も大きくなってきた。空は暗くなり、雲も雨を降らせそうな雰囲気になっているし、使える傘を持っていない私はもう帰った方がいいだろう。海もさっきより荒れているようだし、このままここにいたら危ないかもしれない。そう思っていても私は動くことができなかった。逃げもせず、泣きもせず、ただ寒さにがたがた震えながら、あの忌々しい思い出が蘇るのを静かに待っているだけ。ここでけじめをつけないと、私は自分の生を生きることができない。そんな気がしていた。

あれは、ある夏の肌寒い日のことだった。まだこの海の近くに住んでいた私は、いつものように姉と私と中学生のいとこの三人で、海に出かけていた。しっかり者のいとこが私達の面倒をよく見てくれるので、両親は付き添う必要がなく、安心して私達のことを彼に任せていた。この日は夏にしては気温が低く、海で泳ぐのには向かない肌寒い日だったが、私達姉妹、特に私が泳ぐといってきかなかったので、最初は嫌がっていたいとこも渋々ついてくることになった。

私達が海に着いたとき、肌寒いのと午後から雨の予報が出ていたのとで、浜辺には全く人がいなかった。いつもなら海水浴客でごった返している砂浜が、今日は貸し切り状態。幼い私と姉はすっかり舞い上がってしまい、すぐに海の方へと駆けだしていった。これから何が起こるかも知らないで。

しばらく三人で鬼ごっこを楽しんでいると、不意に強い風が吹き、雨がぱらつき始めた。予報通りのにわか雨だった。気の利くいとこは、私達を近くの屋根のある建物、つまり浜辺の公衆トイレの軒下に連れて行くと、自分は傘を取ってくるから二人はここで待っているように、と言って走り去っていった。おてんばな私達もさすがに心細かったのでしばらくは彼の言いつけを守っておとなしくしていたが、やはり我慢できず、十分もしないうちに退屈して、また鬼ごっこを始めてしまった。目の前を走る姉を追いかけて、トイレや海の家があるコンクリートで舗装されたエリアを抜け、浜辺につながる短い階段に差し掛かったとき、私は段に蹴躓いて転んでしまった。階段の角に膝を思い切りぶつけてしまったので、とても痛かった。私はしばらくその場にうずくまっていた。傷口からは赤い血が流れ、その周りもうっすら赤く腫れている。傷が深いのか少し膝を曲げただけで痛みが走った。よく見ると、膝の肉が一部ぐちゃぐちゃになっている。これから海で泳ぐのに、まずいことをしてしまったな、と思った。

しばらくすると出血が止まり、痛みも治まってきたので、私は傷口を広げないようにそっと立ち上がった。幸い、骨は折れておらず、軽い打ち身とひどい擦り傷だけで済んだようだった。とはいえ今日のところはもう鬼ごっこをする気にはなれなかったので、私は姉に声をかけて二人で帰ろうと思った。ここに来るまでの道は一本しかないし、ここで待っていなくてもいとこととは途中で合流できるだろう。そう思って辺りをぐるりと見回してみたが、姉の姿はどこにも見当たらなかった。退屈して先に帰ってしまったのだろうか。でもここで待ってなさいといとこに言われたのだから、さすがにそんな遠くには行っていないはずだ。気を取り直して下りたばかりの階段を上り、待ち合わせ場所になっていたトイレの周りを歩いてみたが、姉の姿はなかった。明かりの消えた女子トイレの個室を一つ一つ覗いてみても誰もいない。男子トイレに向かって叫んでみてもいとこの返事はなかったし、姉もそこにはいないようだった。不思議に思って隣にある海の家も覗いてみたが、閉店中で店員は不在、案の定二人の姿も見当たらなかった。振り返って海岸線の方を見渡してみても、誰もいない。私は急に不安になってきた。どこを探してもいないということは、もしかしたら二人とも誘拐されてしまったのかもしれない。もしかしたら波にさらわれて沖の方で溺れているのかもしれない。もしそうならすぐ電話して助けを呼ばなくてはいけないが、ここには電話がないようだし、早く家に帰らなければならない。でもいとことの約束があるから勝手に帰るわけにはいかない。だけどもし二人に何かあったとしたら…。帰ろうにも帰れないし、待とうにも待てない。一体どうしたらいいのかわからなくなって、私は呆然とその場に立ち尽くしていた。降りしきる冷たい雨が、私の体温を奪っていく。どうしよう、どうしようと焦っているうちにだんだん胸が苦しくなってきて、思うように息が吸えなくて、私は意識を失った。それから先のことはほとんど覚えていない。

沖から打ち寄せてくる黒い波は、暗い水面を泡立たせては消えていく。人間の命もこの泡のように儚いものだと言ったのは誰だっただろうか。最近国語の授業で習ったような気もするが、全く思い出すことができない。思い出そうにもザアザアという水の音が思考をかき乱し、私の意識をぼんやりとした夢の世界に沈めてしまう。このまま眠ってしまったらどんなに気持ちがいいだろう、と思った。そして、この場所で全てを忘れて眠ったまま消えてしまいたい。おそらく既に亡くなっていると思われる私の姉のように。

私の姉はこの波にさらわれてどこか遠くに行ってしまった。十年近く経った今でもその遺体は見つかっておらず、私達の手元にあるのは、沖の方で発見されたサンダルの片方だけだった。彼女は今どこにいるのだろう。もしかしたら今でもあの水平線の向こうの、あの暗い海の底で眠っているのかもしれない。私は姉が沈んでいると思われる深海の様子を想像してみた。そこは日の光の届かない、真っ暗な闇の世界。見えるのはどこまでも続く灰色の海底と、思い出したように時々降ってくるプランクトンの粉だけ。たまに海底を通り過ぎていく奇天烈な深海魚たちの他に、死者たちの魂を慰めるものは何もない。完全な孤独である。それでも私が生きているこの世界よりは幾分かマシな気がした。周りに人がいようといまいと人は皆孤独で、むしろ周りに人がいるのに誰ともわかり合えないからこそ、孤独を感じるのではないだろうか。最初からひとりぼっちなら孤独も感じようがない。

気がつくと、先程まで肩にかけていたはずの通学鞄が泥だらけの地面に落ちていた。せっかく買い換えたばかりの新品なのにもうどろどろだ。私はがっかりしながらそれを拾い上げ、一旦泥を払って少しきれいにしてから、そっと柵の前に置いた。その上に着ていたダッフルコートを脱いでぐるぐる巻いてから重ねると、柵に登るためにはちょうど良い高さの踏み台ができた。そこに右足を載せ、柵をつかみ、その手と手の間に左脚を引っかけて体を持ち上げ、柵の上に腰掛ける。たちまち視界が開け、遥か眼下、ぶらぶらさせた足のずっと下には、灰色の海が広がり、手前の方には昔磯遊びをした岩場の潮だまりも見える。あそこでかつて私は小さなカニを捕まえたり、潮だまりの中を一つ一つのぞき込んで魚がいないか確かめたりして遊んだものだが、思えばそれももう十年近くも前のことになってしまった。そうやって一緒に遊んだ姉も、まだ無邪気だった子どもの私も、もうどこにもいない。あるのはどうしようもない寂しさだけ。

私は静かに目を閉じて、荒々しい波の音に耳を澄ませ、体全体で冷たい潮風を受けとめた。このまま手を離して前に倒れてしまえば、いつでも向こう側に逝くことができるだろう。しかし、自分がそうしないことは誰よりも私自身がよくわかっていた。私という、いてもいなくても変わらないような、このどうでもいい虫けらが、十年経ってやっと己の罪を自覚し、今更反省して消えたところで、一体何になるというのだろう。

「ちょっと、そんなところに座ったら危ないだろう」

頼んでもいないのに誰かが私を呼び留める。見ると白い着物を着たおばあさんがこちらをにらみつけていた。

「悪いことは言わないから、雨が降る前にこの島を出な。そうしないと、死ぬことになるよ」

「え、それってどういう…」

そこまで言いかけて私は口をつぐんだ。この手の気むずかしそうなお年寄りには口答えしない方がいいということは、乏しい人生経験を通してよく知っていた。のろのろと柵から降りて、泥だらけの荷物をためらいがちに拾い上げると、少し暗い気分になったが、おばあさんがこちらを見ているのだから仕方がない。早く帰るそぶりを見せないと怒られてしまうだろう。やや早歩き気味で階段を下りる私の背中に、おばあさんが呼びかける。

「ほら、急いで。早く島を出な。何も考えずに一気に駆け下りないと。島を出るまで絶対に後ろを振り返ってはいけないよ」

いや、こんな急な階段で走ったら転げ落ちるでしょう——そう思いつつも、今までのこともあって半ばやけになっていた私は、得体の知れない老人の声に従って階段を勢いよく駆け下りた。疲れているはずなのに体がふわふわと軽く、まるで風で飛ばされる雲にでもなったような気分だった。白い霧が立ちこめ、私の視界をさーっと覆っていく。現実感がない、生きている感じがしない、というのはこのような感覚のことを指しているのだろうか。霧によって世界から遮断されているせいか、今見ている景色も、嗅いでいるにおいも、全て夢の中のことのように感じられる。今の惨めな人生も全て夢だったらいいのにと思った。本当の私は最初から一人っ子で、両親の愛を一身に受けて明るい性格に育っている。学校では人気者で、休み時間はいつも大勢の友達に囲まれ、楽しい恋愛話に花を咲かせる。勉強もスポーツもよくできて、手先も器用。バレンタインデーにはいつもおいしいお菓子を手作りして持ってきて、皆から喜ばれる。一生に一度、短い夢の間だけでもいいから、そんな素敵な女の子になってみたかった。だけどもうそれは叶わない。どうあがいても私は私のままだし、自分が理想の姿になっているところなんてもう想像することすらできない。悪い意味で大人になってしまったから。

細い階段をしばらく行くと、らせん状に続く、幅の広い緩やかな坂道に出た。ここなら歩行者だけでなく車も通れそうだが、果たしてこんなに幅の広い道がこの島にあっただろうか。もしかしたら道を間違えてしまったのではないのかと私は不安になった。しかしここは一本道なので迷いようがないだろう。そう思い直し、前に進み続けることにした。先はまだ長いのだから、こんなところでモジモジしていたら間に合わなくなってしまう。不意に道の脇のヒガンバナが目に飛び込んできた。私はヒガンバナが嫌いだった。確かに花は鮮やかな赤色をしていてきれいなのだが、葉のないつるつるした茎が不気味なせいか、毒があるという噂のせいか、どことなく不吉な名前のせいか、どうも好きになれなかったのである。半年くらい前にも通学路脇の花壇でそれを見つけてしまい、思わず肩をびくっとさせたのを覚えている。見つけたのが半年前となると、ヒガンバナは夏の花だということになるが、なぜ真冬の今頃になって咲いているのだろう。ますます不気味に思えてきて、私は走る足を速めた。何となく、ここにいたらまずいことになりそうな予感がした。何が何でもこの島を早く抜け出さなくてはならない。

薄い霧の中、横の車道を白いライトバンが勢いよく通り過ぎていく。寒いし、雨で濡れた歩道は足場が悪いのだから、せっかくなら私も乗せていってくれたらいいのに、と思った。本当に雨上がりの坂道は嫌いだ。少しでも油断しているとすぐ転んでしまうから。

ふと車での旅に思いをはせる。私は昔から車に酔いやすい方だったが、小学校の社会科見学などでバスに乗って遠出したときはその非日常的な雰囲気にわくわくしたものだ。叔父も私のドライブ好きをよく知っていて、週末になると家まで迎えに来て車でいろいろなところに連れて行ってくれた。中でも特に楽しかったのが、叔父、いとこ、姉、私の四人で出かけた山奥の植物園で、そこで私は初めてロープウェーに乗った。柱を通過するたびにゴンドラがガタガタ揺れるので、高いところが苦手な姉は怖がって泣いたが、私は平気で、むしろまた乗りたいとはしゃいでいたようだ。帰りに寄ったレストランのデザート食べ放題も楽しかったので、またあそこに行けたら良いなと思っていた。今度は例の四人だけではなく、叔父といとこも含めた家族全員で。

しかし、その望みはついに叶わないものとなってしまった。あの海の事故をきっかけに叔父やいとことはすっかり疎遠になっており、姉の葬式から九年経った今でも一度も会うことができないでいる。両親はさておき、私はいとこを姉の事故のことで責めるつもりはないのに、よほど私たち家族と関わりたくないのか、年賀状も送ってくれなくなった。そして私が再び行きたがっていた植物園も、レストランも、今はなくなっている。前者は去年の今頃、後者は四、五年前につぶれてしまった。楽しかったあの頃、親戚皆が仲良しだったあの頃にはもう戻れないのだろうか。考えれば考えるほど悲しくなる。

島の中腹にある神社を過ぎ、さらにもう少し歩くと、遠くの方に岩のトンネルが見えてきた。どこかで見たことのある形だった。幼い頃によく遊びに行った公園にあった、あのコンクリートの小さな丘、あれに似ているような気がする。丸いドーム状の構造に滑り台がついていて、そこへはボルダリングで使うようなゴム製の足場を使って登れるようになっている。さすがにこのトンネルには滑り台も足場もついていないが、丘の下の方にかがんで通れるくらいのトンネルがあるところといい、表面のざらざらした質感といい、形全体の丸さといい、あの遊具にそっくりだった。このトンネルが懐かしい思い出をよみがえらせてくれるのはいいが、果たしてここに来るまでの道にそんな物があっただろうか。

少なくとも今日の行き、今日の午前中にはそんなものを見た記憶がなかったので、やはり自分は道を間違えていたのではないか、と不安になってしまった。それでも私はトンネルに向かう足を止めることができなかった。トンネルの向こう側に何があるか知りたくてたまらなかったからだ。もっと近づいていってトンネルの表面にそっと手を触れると、コンクリートのひんやりとした感触が伝わってきた。この穴は海につながっているのだろうか、トンネルの向こう側からは湿っぽい潮風が吹いてくる。その潮の香りを胸一杯に吸い込んで、私は新しい世界へと一歩を踏み出した。

トンネルをくぐると、そこは人気のない、寂しい浜辺だった。荒涼とした茶色い砂地がどこまでも続き、陰鬱な黒い雲が空を覆っている。冷たいのに妙に湿り気のある風が木々の葉をざわざわと揺らし、風があるにもかかわらずあたりには重苦しい磯の香りがただよっていた。この空気の湿っぽさから感じる夏の気配と寒気は本当にあの日に似ている。何だか嫌な予感がした。やはり引き返した方が良かったのだろうか。今頃になって後悔する。

――ザクッ。

背後で砂を踏みしめる音がした。何だろうと思って振り返ってみたが、誰もいない。気のせいだと思って再び歩き出す。すると、靴のつま先に何か固いものがぶつかった。何だろう、流れ着いた流木でも蹴ってしまったのだろうか。そう思って足下を見ると、茶色っぽいハンドボール大の岩があった。その岩にはよく見ると上の方に目のような二つの大きな穴があいていて、その下には鼻と思われる小さな二つの穴があり、さらにその下には小さい歯のようなものも見える。もしかして、これは…。

そう、私が岩だと思ったのは人間の頭の骨だったのだ。六歳ぐらいの子どものものとみられる小さな頭蓋骨。周りには、肩、手、腰などの他の部位の骨も散乱していた。どれも茶色く変色していて、磯の生臭いにおいがする。中には深緑色の海藻にまみれているものもあり、それを見つけたときにはゾッとした。気持ち悪いし、寒いし、もう帰ろうと思ったとき、私は骨の集まりの中に何か見覚えのある物を見つけた。

それは十六、七センチくらいの、子ども向けの小さなサンダルだった。本体の色は赤で、つま先の辺りには白い花飾りがついている。サンダルだから二つで一組のはずなのに、もう片方の靴が見当たらない。私は家にある片方だけのサンダルを思い浮かべた。九年前から相方をなくしていた赤いサンダル。捜索に当たった救助隊の人が沖で見つけてくれた、片方だけの、姉のサンダル。その片割れが、今、目の前にあった。

——何だ、こんなところにあったのか。事故から三年間、毎日あれだけ探しても、見つからなかったというのに…。

私は、グロテスクな骨たちに触らないように用心しながら、赤いサンダルの片割れをそっと拾い上げた。砂を払いながら、そのサンダルがあちこち傷んでいることに気がついた。鮮やかだったはずの赤い色はすっかり色あせ、なめらかだったはずの表面はひどくささくれ立ち、触っただけでボロボロと崩れ落ちそうな状態になっていた。白い花飾りもほとんど取れかけていて、昔の可愛いらしかった頃の面影は少しも残っていなかった。それを言えば足下に落ちている骨の塊もそうだ。かつては愛らしい顔立ちをしていて、大きくなったら絶対美人になるよと地元で評判になっていたのに、今では「不細工」と定評のある妹からも気持ち悪がられるような、こんなに汚らしいただの「死骸」になっている。何だか悲しくて、情けなくて、申し訳なくて、泣きそうな気持ちで胸が一杯になった。ボロボロのサンダルを胸にぎゅっと押しつけながら、私は長いことその場にうずくまって泣いていた。とにかく悲しくて、悲しくてしょうがなかった。こんなに泣いたのは一体何年ぶりのことだっただろうか。

　ふと、ここで先程のおばあさんから絶対に後ろを振り返ってはいけない、と言われていたことを思い出す。もし間違って振り返ったならあんたは死ぬよ、とか言っていたような気がするが、それはどういうことなのだろうか。振り返る。後ろを振り返る、あとを振り返る、過去を振り返る…。少し考えて、その意味に気がついたときにはもう遅くて、周りの景色が、私の足下の砂地からボロボロと崩れていった。支えてくれる足場を失い、底の見えない深い暗闇の中に落ちていきながら、私はいろいろなことを考えていた。姉のこと、学校のこと、家族のこと、親戚のこと、死のこと、未来のこと、今までのこと。できるものならもう一度姉に会って謝りたいと思った。もう一度叔父といとこに会って、仲直りしたかった。でも、今となっては全て叶わない。私の死によって全てここで終わってしまう。その悲しい事実を受け止めきれないまま、私は何もない真っ暗闇の中に落ちていった。最後に誰かが私の名を呼んだような気がしたが、あれは誰の声だっただろうか。聞き覚えのある声だったことは確かだが、それが誰の声だったか今となっては思い出すことができない。そのまま私の意識は途切れてしまった。

白い天井に、白い壁。気がつくと、私は病院のベッドに寝かされていた。母の話によると、意識を失って展望台で倒れているところを親切な人が見つけて、病院に連れて行ってくれたらしい。寒い中、何時間も冷たい雨に打たれていたせいか、私はひどい風邪を引いてしまい、一週間ほど家で寝ていなくてはならなかった。学校に行かなくていいのはありがたかったが、熱が三十八度も出てしまったのには辟易してしまった。これだけ熱が高いとあまりにも体がだるくて、本を読むことも、まともにご飯を食べることもできない。結局、臨時で入った六日間の長期休暇は少しも楽しめないまま終わってしまった。学校をサボった罰が当たったのだろうか。だとしたら馬鹿馬鹿しくて笑ってしまう。

それはさておき、私があの島で会ったあのおばあさんは一体何者だったのだろうか。理由もなく気になって、あの後何度か島を訪れてみたのだが、ついにおばあさんは現れなかった。おばあさんどころか私が骸骨を見つけた砂浜も、その近くのトンネルも、いくら探しても見つからなかった。例の砂浜にあったはずの姉の遺骨もいまだに見つからずじまいである。ここまで証拠がないと、あのとき島で起こったことは全て夢だったのではないかという気さえしてしまう。私が長時間雨に打たれて高熱を出したという事実は別として。

しかし、今まで挙げてきた数々の怪奇現象についても、それらが夢でなかったと示す証が一つだけある。それは、私のブレザーの右のポケットに押し込まれていたボロボロのサンダルである。展望台で倒れているところを発見されたとき、私はこのサンダルを片手で握りしめていたという。無意識のうちに、ポケットの中にあるそれを、誰かに取られないよう守ろうとしていたのだろうか。少なくとも自分ではよく覚えていない。

私がそうして命がけ…というほどでもないが、それなりに苦労して持ち帰った片方だけのサンダルは今も、九年前に先に見つかっていた片割れと共に、姉の仏前に供えられている。あれがある限り、私が姉のことを忘れることはないだろう。そして、あの島で起こった不思議な事件のことも。

ある文学青年の手記

序　文

これは私の遺書です。心して読んでください。

第二の序文

私は作家になれなかった。だから、こうして日々あったことを書き留めていく。

1　紅葉の宿

平凡で、いつもと変わらないある夏の日、冷房の効いた涼しい部屋で、私はこの日も平凡ながら幸福な時を過ごしていた。床に積まれた漫画、つけっぱなしのテレビ、食べかけのお菓子の数々…大げさかもしれないが、天国とはまさにこのようなところである。読みかけの漫画もきりのいいところまで読んだし、ぼちぼちおやつにするかと思って、起き上がってテーブルの上のチョコチップクッキーの袋に手を伸ばそうとしたとき、「悪魔」の到来を告げる、乱暴なノックの音が聞こえた。母だ。昨日のプリンつまみ食いの件をまだ根に持っているのか、相変わらず機嫌が悪いようだ。彼女は私の部屋へずかずかと入ってくると、いつものヒステリックな調子で、こう命じた。

「だらだらしてないで、たまには外に出なさい。ちょうど、テレビのリモコンの電池切れちゃったから、スーパーに行って、単三電池買ってきて。あと、ミネラルウォーターと牛乳もね」

そうして財布と買い物カゴがこちらに放り投げられる。

確かに適度な運動は必要だが、何もこんな三十七度もある暑い時間に頼まなくてもいいじゃないか。しかも牛乳だぞ、牛乳。ただでさえ暑いし、重いし、この炎天下で二十分も三十分ものろのろ歩いていたら腐るんじゃないか？　小心者の私は頭の中でぶつぶつ文句を言いながらも、素早く身支度を済ませ、外に出た。いくらその命令が嫌なものでも、我が家の主たる母親に逆らうわけにはいかなかった。彼女が行けと言ったスーパーまでは大体十五分くらいだが、坂が険しいのと日陰がないのとで、なかなかきついものがある。おかげで、着いた時にはすっかり汗だくになっていた。腹が立つので今日も母の金でコーラを買ってやろう。私はそう決心した。小心者で気が弱いくせに、人目がないときの図々しさだけは一人前である。昨日も母の金でやきとりを食べた。明日は何を買おうか。さっきその辺のおばさんたちがおいしいと言っていた、季節限定のメロンクリームパンなんかがいいかもしれない。

例のスーパーでさっさと買い物を済ませた帰りに、今日も涼もうと思って駅前商店街のアーケードの下に行く。商店街の広い通路の真ん中には、ベンチがあって休めるようになっているので、そこでさっき買ってきたばかりのコーラの缶を開け、ゴクリとやる。冷たい炭酸が体にしみわたり、私は息を吹き返したような気持ちになった。暑いときの冷たい炭酸飲料は最強だ。次にお使い（というより雑用？）を頼まれたときも、またコーラを買おうと思った。いや、夏のこの時期に、レトロな雰囲気の残るこの商店街で過ごすなら、ラムネの方が、風情があっていいだろう。確かすぐそこの駄菓子屋の前に、ラムネを売っている氷のケースがあったはずだ。困ったらそこで買えばいい。

薄暗い屋根の下、飲みかけのコーラを片手にそんなことを考えていると、向こうの方から賑やかな客寄せの声が聞こえてきた。たまに何かをガラガラと回す音もするので、福引きだろうか。特に興味はなかったが、一昨日たまたま近くの米屋で福引きの券をもらってもてあましていたのと、ずっと家にいて退屈なのもあって、少し覗いてみることにした。一等はお二人様温泉旅行、二等はすき焼き用の高級和牛セット四人前、三等はポケットティッシュ。特に欲しいものはなかったが、どれが当たっても困ることはなさそうだし、二等の和牛には少し興味があったので、とりあえずやってみることにした。係の人に券を渡し、例の仕掛けをガラガラやると、案の定三等の白い玉が出た。二回やれるということだったので、できれば二等の赤い玉が出てほしいなと思いながらもう一度回した。どうせ二つ目も白で、この、薄っぺらいティッシュの袋を二つ持ち帰ることになるのは目に見えているが。…あれ？　これってもしかして金色じゃないか？

ガラン、ガラン、ガラン…アーケード中に響き渡るベルの音。私は未だに、何が起こったのかわからなかった。普段くじ運は悪い方なので、突然思いもしない幸運がやってきてもすぐには反応できない。勘違いでぬか喜びしては悲しいからだ。

「おめでとうございます。一等です」

固まっている私に、係の人が綺麗な封筒を差し出してきた。やはり、冗談でも見間違いでもなく、本当に大当たりを引いたようだ。

「こちらが旅行のチケットでございます。では、お気をつけて」

お気をつけて？　別れの前によく聞く言葉だったが、このときはなぜか妙に引っかかってしまった。どうして、良い旅を、と言ってくれないのだろう。訳もなく、不安になった。こんなの絶対にダメだ。これは絶対に悪いことが起こる。こんなものは絶対にもらってはいけないのだという強い確信がありながらも、私は、笑顔でチケットを受け取ってしまった。頭の中では、相変わらず得体の知れない不気味さがモヤモヤ渦巻いていたが、心の浅いところでは五、六年ぶりの旅行に浮かれていたこともあり、家に帰る頃にはその違和感のことをすっかり忘れていて、早速暇な友人二人を今回の旅に招待することを決めていた。ただ、三人で行くとなると、チケットは二人分と決まっているので、はみ出した一人の分は提案者たる私が自腹で出さなくてはいけないので、はっきり言って面倒くさい。しかし、他に招きたい人がいない以上、そうせざるを得なかった。大急ぎで一人分の列車のチケットと旅館の空き部屋を確保した後、私は知り合いの暇人二人に電話した。案の定二人とも暇で話はすぐについた。そのうちの片方が恋人も連れて行っていいかと尋ねてきたが、何となく面倒な事態になりそうだったので却下した。友情に、恋愛が絡むと、本当にろくなことがないというのは、これまでの人生を通してよくわかっていることだった。

さて、肝心の旅行だが、最初から大変なことが起こってしまった。友人のうち一人が寝坊してきたせいで、最初の電車に乗り損ね、あと少しで予約制の観光列車にも危うく乗り遅れるところだった。列車に乗ってからも、窓からハチが入ってきて近くの女性のグループがパニックを起こし、それに驚いた友人が誤って弁当をひっくり返してしまったり、私が切符をなくしてしまったりと、窓の外の美しい景色を眺める余裕など少しもなく、行きの道のりは慌ただしく過ぎていった。

これまでの一連の騒ぎにすっかり疲れてしまった私は、降りた駅でおいしくもない駅弁をのろのろと口に押し込んだ後、乗客のまばらなおんぼろバスに乗り込み、窓の外を見ることもなく、あっという間に二時間半の眠りについてしまった。そのとき唯一起きていた友人の一人によると、バスの窓から見える景色も、それなりにキレイだったらしいが、観光列車とどっちがよかったかと尋ねると、それはその友人も見ていなかったらしく、わからない、とだけしか答えてくれなかった。

その後、ほとんど廃車同然のぼろい乗合自動車を何台か乗り継いで、ようやく宿のある小さな町にたどり着いたとき、長旅に慣れていない私はげっそりとしていた。どうやら車に酔ったようだが、今はそんなことを言っている場合ではない。宿周辺の様子が、思っていたのと全然違うのだ。温泉宿と聞いていたので、宿はにぎやかな温泉街の中にあるのかと思っていたが、宿があるはずのその町は、田んぼとだだっ広い野原の他に何もないところで、到着早々、こんなところに本当に温泉街があるのかと不安になってしまった。なんせ私たち三人の他に人の姿は見えないようだし、人どころか鳥や虫の声さえ少しも聞こえてこない。

途方に暮れながら一時間ほど田んぼと草原の道をうろついた後、ようやく目的の旅館にたどり着き、私は安心した。全く人気のない、静かな自然の中にいきなりぽつんと現れたものだから、よく昔話に出てくるような坊さんが、山奥で山姥の家を見つけたときはこんな気持ちだったのだろうな、などと変なところで感動してしまった。私は基本的に人間全般が嫌いだが、それでも人里離れた自然の中で散々道に迷った後、やっと民家（厳密に言えば旅館だが）を見つけたときの安心感といったらない。旅館はこぢんまりとした建物で、他にこれといった特徴はなかったが、玄関の前の庭には金魚のいる池や、苔のむした灯籠などが置かれていて、なかなか風情のある感じに仕上げられていた。ただ、入り口の二つの角に、塩だと思われる、白い粉の塊が盛られていたのは少し気にかかったが…。しかし先を行く友人二人は、よっぽど鈍感なのか、それに気づく様子もなく、玄関の引き戸を開けてさっさと中に入ってしまったので、私も慌ててそれにならった。

建物の中に入ると、冷房のひんやりとした空気が私たちを包んだ。我々の住んでいる大きな街はさておき、山あいのこの町はそれほど暑くないのだから、何もこんなに部屋をキンキンに冷やさなくてもいいのに、と思った。冷房が効きすぎていてむしろ寒いくらいだ。建物の中にも誰もいないようだが、フロントの人はどこだろう、ときょろきょろしていると、奥のカウンター、正しくはフロントデスクの方から、ここのスタッフらしき人が現れた。スーツの黒ズボンに黒いベストという出で立ちだったので、旅館というよりはホテルみたいだな、と勝手に思ってしまった。よく見ると畳なんてどこにもないし、赤い絨毯にソファ、小さなシャンデリアなどもあって、内装に関しては完全に洋風である。

出てきたスタッフは、まだ新人なのか、若者特有のくだけた話し方をしており、あまりプロ意識は感じられなかったが、愛想だけはよく、次のような内容をニコニコと説明してくれた。

「大浴場は地下一階にあるので、お部屋からでしたら真ん中にあるエレベーターか、あちらの奥に見えますA階段をご利用ください。他にB階段という階段もございますが、そちらはあまり使わない方がよろしいかと思います」

それならエレベーターとA階段のことだけ言ってくれたらいいものを、なぜわざわざ使うことのできないB階段のことまで説明するのだろう。私は再びなんとも言えない不気味さを感じた。旅行なんてやめにして、このままさっさと帰ってしまいたいと思った。しかし、そんなことをつゆほども知らないスタッフは、私の不安に気がつくはずもなく、先に早歩きですたすたと行ってしまう。友人二人もそれに続く。待ってくれ、こっちは気がかりなことがあってそんなに速くは歩けないんだ…憂鬱のあまりほとんどおいて行かれそうになりながら、私もなんとか自分の部屋の前にたどり着いた。とは言っても、そこは友人たちが泊まる部屋であって、私の泊まる部屋は宿泊券の都合上別にとってあるのだが。こういうとき、私は、なんとも形容しがたい肩身の狭さを感じる。

短い苦悩の後、私は雑念を振り払うようにして前を見た。まだ若々しいスタッフの案内によって、私たちが通された三階の客室は、こぢんまりとした和室で、何だか懐かしい感じのする部屋だった。居間兼寝室の畳敷きの部屋には、四人用の低いテーブルと、四人分の座布団が用意されており、そのテーブルの上にはなにやらおいしそうなお菓子の類と、こぎれいなお茶のセットが並べられていた。さてどれから試してみようかな…と思ったとき、ちょうど部屋の設備についての説明が始まったので、おやつは一時お預けとなった。説明の細かい内容は覚えていないが、確か食事の時間だとか、冷蔵庫の中身だとか、金庫の使い方だとか、そんなことを話していたような気がする。続いてもう一つの部屋、私が泊まるお一人様用の部屋に移動し、その部屋についての簡単な説明が終わると、案内人は次のように締めくくった。

「何かありましたら内線の八番までおかけください。では、ごゆっくり」

スタッフが出ていった後、私たちは友人たちの泊まる広い方の部屋に戻った。最初のうちは三人とも部屋の押し入れや冷蔵庫などを開け閉めして覗き回り、大はしゃぎしていたのだが、今までの疲れもあって、五分もしないうちにすっかり静かになってしまった。きちんと観光の予定を立ててから行けば、このような気まずい雰囲気にならずに済んだのだが、何しろ三人揃って面倒くさがり屋のため、宿に着くまで目的地のことは何も調べてこなかった。立派な観光地で、温泉のあるところだし、宿の周りをウロウロしていれば何か面白い観光スポットが見つかるだろう、と高をくくっていたのが間違いだった。試しにスマホで調べてみたが、この宿の近くだと、本当に見るものは限られていて、最初に見た草原くらいしか見所はないようだ。一方友人たちはテレビを見たり、スマホのゲームで遊んだりと、はなから外に出るつもりはない様子。これは退屈するな、と思った。私のスマホはそろそろバッテリー切れだ。充電器も忘れてきてしまったし、お菓子ももうないし、どうしようかなと思ったとき、やっと温泉のことを思い出した。温泉をウリにしていた宿だし、風呂だけは素晴らしいに違いない。そう思って友人たちを誘ってみたが、面倒くさい、後でいいよと、あまり乗り気でない様子であった。仕方がないので、一人で行くことにした。

私は一人で行動するのが苦手だった。別にさみしがり屋だというわけではない。とにかくひどい方向音痴で、知らない場所に行くと必ずと言ってもいいほど迷うのだ。手元に地図があろうと、わかりやすい一本道であろうと、迷うときは迷うのである。最初は歩くのも面倒くさいのでエレベーターで行こうと思っていたのだが、先にA階段が見えたので、そちらを使うことにした。階段を下り、レストランや土産物のコーナーを抜けると、マッサージチェアやら水やらがおいてある休憩室が見えたので、風呂はすぐ近くだと確信する。程なくして番台を見つけ、タオルとロッカーの鍵を受け取る。スリッパに目印のクリップをつけながら、間違って人様のものを持って行かないように気をつけなくてはと思った。今のところ、風呂に他の客はいないようだが。

風呂は、細い通路に入ってから少し行ったところの、右側のくぼみにあった。温泉の緑ののれんをくぐり、そっと中に入る。まだ風呂に入るには早い時間のせいか、自分の他に客は一人もいなかった。さっき廊下を歩いていたときも、誰にも会わなかったので、ちゃんと金は入っているのだろうか、と他人事ながらこの旅館の経営状態が心配になった。

大浴場には、洗い場がちょうど三人分と、同時に入れるのはせいぜい四人といった程度の大きさの、こぢんまりとした浴槽が一つ置かれており、私はそれを見たとき、修学旅行で泊まった小さな旅館の、小さな風呂での出来事を思い出してしまった。十人分もない洗い場を、クラスメイト十七人で奪い合い、どんくささ故にあぶれてしまった私は、遊ぶばかりでなかなか代わってくれない他の仲間たちがどいてくれるのを、イライラしながら待つしかなかった。おまけに修学旅行に来られて嬉しいのか、ひどく興奮して、大声でギャアギャア騒ぎ出す連中もいるし、シャワーで互いに水の掛け合いっこをする騒がしい集団もいた。あのときは本当に疲れたのを覚えている。思い出しただけでげんなりしてしまった。

さて、どうでもいい思い出話はこの辺にして、風呂に入ることにしよう…シャワーを浴びて、濡れた足先をそっとお湯につけてみると、思った以上に熱くて驚いた。近くにある温度計を見てみると、お湯は四十三度あるということだった。あくまでも個人的な意見だが、いくら熱めの風呂が好きな人がいるからといって、さすがに四十三度は熱すぎるのではないか。おかげで足先が真っ赤である。火傷しかけた足を冷水シャワーで冷やした後、再び湯船のところに向かい、お湯の匂いを嗅いでみる。特に何の匂いもしないし、色も無色透明なので、もしかしたら温泉ではないのかもしれない、と思った。近くを探してみても、温泉の効能を書いたパネルの一枚も見つからない。確かにあのチケットには「温泉旅行」と書いてあったはずだが、どうもこの風呂は温泉らしくないので、もしかしたらだまされたのかもしれない。こんなことなら家でだらだらして、ゲームでもやっていた方が良かったかなと後悔した。頼みの綱だった風呂がこれでは、何のために六時間もかけてこんな山奥に来たのかわからない。

そんなわけで、当初一時間程度いる予定だった風呂からは、着替えも含めて二十分もしないうちに出てきてしまった。例の休憩室に寄って、水でも飲んだら部屋に戻ろうかなと思っていたら、早くも道を忘れ、自分がどちらから来たのか、わからなくなってしまった。風呂のエリアを出て、番頭にロッカーの鍵を返し、休憩室に行くところまでは楽勝だったのだが、そこから先がわからない。私は右から来たのだっけ、それとも左から？　などと迷っているうちに、だんだんおかしな方向に行ってしまい、今大体自分がどこにいるのかさえわからなくなってしまった。気がついたときにはもう手遅れで、私は、見たこともない、薄暗い廊下に立っていた。店もなければ、人もいないし、もしかしてスタッフ専用のエリアに入ってしまったのかもしれない、と思って引き返そうとしたとき、視界の端に、上階に続く薄暗い階段が映り、思わず足を止めた。よく目をこらしてみると、階段の突き当たりのところの踊り場には、「B階段」とあり、しめた、と思った。確かこの階段なら私の部屋のある階につながっていたはずだ。だがスタッフからはこの階段を使わないよう忠告されたような気がしないでもない。まあいいか、この分だと他の階段を探そうにも、そもそも自力では元いた休憩室のあたりに戻れそうな気がしないし、もしこの階段に問題があるとしても、せいぜい電灯の不調か、掃除の不行き届き程度のものだろう。それなら構わず行ってしまおう。

こうして、私はついに「立ち入り禁止」のB階段に足を踏み入れた。最初の方は廊下の方から届く光でそれなりに明るくなっていたが、上に登れば登るほど光が届きにくくなっていくのか、だんだん周りも暗くなっていく。今では、白いスニーカーを履いた自分の足下さえ、はっきりと見ることができない。二階の踊り場を曲がる途中で、壁に電灯のスイッチらしきボタンを見つけて押してみるが、壊れているのか、電気はつかなかった。仕方ないので、手で壁を伝いながら歩いて行くことにした。壁を伝っているおかげで道から外れることはなかったが、何しろ暗くて見えないので、しばしば積み上げた段ボールだと思われる固いものにぶつかったり、ちりとりだと思われる金属の板を蹴ったり、雑巾だと思われるやわらかい布を踏んづけたりした。そろそろ三階に着く頃かなと思って油断していたときに、ゴミ箱か何かだと思われる筒状の何かを蹴り飛ばしてしまい、それの転がるゴロゴロという音がした。派手に倒してしまったようだし、もし壊れていたらマズいなと思い、点検のためにスマホのライトをつけた。充電が残り少ないが、こんなにあちこちぶつかるなら、最初からこれをつけておけばよかったと後悔しながら。

光の中に浮かび上がったのは、白い、女の、生首だった。長い髪を振り乱し、目をむいたまま、ことされている。まだ体から切り離されてあまり時間が経っていないのか、切り口のあたりにはご丁寧に赤い血のりまでついている。さすがに作り物だよなと思って頰のあたりに触れてみると、「マネキン」の肉は柔らかく、ほんのりと温かかった。ま、まさかこれって…。その最悪の予感が、頭の中で言葉になる前に、私は全速力でその場から逃げ出していた。まだはっきりとした状況はつかめていないが、とても、マズいことに巻き込まれてしまったような気がした。これが、テレビのドラマでやっているような、「殺人事件」というやつなのだろうか。マズいことになった、マズいことになったと口の中で繰り返しながら、私は大急ぎで友人たちの待つ客室に逃げ帰った。振り返る勇気など、とてもなかった。

大慌てで、息を切らしながら部屋に飛び込んできた私を、友人たちは不思議そうに見た後、何をそんなに慌てているんだ、また蛾でも出たのか、と笑った。私は蛾が大の苦手だった。三年ほど前に故郷の町で蛾が大量発生し、商店の白い壁に茶色い蛾がびっしり張り付いているのを見つけてしまったときは、用事も忘れてそのまま逃げ帰り、そのまましばらく外出ができなかったほどだ。その時は友人ではなく家で待っていた母に笑われてしまった。大の大人が、何を虫ごときでおびえているのだ、と。それを聞いたとき、私は生まれて初めて…いや、それまでにも同じことを考えたことは何度もあるが…母をぶん殴りたいと思った。しかし、所詮は母親思いの優しい子どもである。いくら腹を立てても、最愛の母を殴るなんて、そんな乱暴な真似が、できるはずもない。普段からあまりにも恐れ多くて口答えすらできないのだから。

さて、あの母親のせいでだいぶ脱線してしまったので、話を元に戻す。私は、確かに蛾も怖いが今回は蛾ではない、女の人の生首が落ちていたのだと友人たちに必死に訴えたのだが、小説などほとんど読まない現実主義の二人は、なかなか本気にしてはくれなかった。ただあまりにも私がしつこく言うので、仕方ないから付き合ってやるかということになり、私の主張する通り、我々三人でフロントへ行き、例のスタッフに事の成り行きを説明することになった。私が事情を説明すると、スタッフは思ったより冷静な調子で、やはりあそこに入ってしまったのですね。色々な物が足に当たってしまったということですが、お怪我はありませんか、などと尋ねてくる。ええ大丈夫ですと答えると、今度は困ったように、しかし本当に入ってしまったんですね、恥ずかしいなあ、あんなに散らかっているのに、と苦笑する。「実はあまり客の入りがよくなくて、普段ほとんど使わないあの階段は、お客様がご覧になったとおり、ほとんど物置のようになっているのです。たまにお客様の入るメインのA階段でしたら、きちんと掃除が行き届いているのですが、B階段の方まではなかなか手が回らないもので、恥ずかしい限りです。もっとたくさんの従業員がいた頃、まだこの旅館に活気があった頃は、こんなことはなかったのですが、スタッフは不況で皆どんどんやめていってしまって、残っているのは今では私だけでございます」

このスタッフによれば、この界隈は、昔隠れた名湯が並ぶ「穴場」の温泉地だったらしい。それがこの前の大地震で地盤がおかしくなったのか、温泉が一滴も出なくなってしまい、他の温泉宿やホテルは次々と廃業していった。この宿の従業員の間でも撤退しようと呼びかける声が大きくなっていたが、宿の女将、つまりこのスタッフの祖母は、先祖代々引き継いできたこの宿を自分の代で終わらせたくないとの思いから、この土地を離れようとしなかった。そうこうするうちに、従業員がまた一人、また一人とやめていった。

「それでも祖母は、あきらめることができませんでした。すっかり寂れてしまったこの宿に、また活気を取り戻したいということで、私といとこも加わって、色々な企画をひねり出しました。例えば、温泉に代わる呼び物として滞在型のお化け屋敷、すなわち宿泊できるお化け屋敷という企画を考えたこともあったのですが、企画が奇抜すぎるのと、予算が足りないのとで、あえなくお流れになりました。お客様が見つけた生首というのは、恐らくその時の名残でしょう。計画が中止になった以上、もう持っていいても仕方のないがらくたなのですが、祖母が、今年の春に亡くなったこともあって、なかなか捨てられずにいたのを忘れていました。せめて閉館までには片付けようと思っていたんですけどね…。結局この有様です。…祖母がこの旅館の存続に拘ったように、私にも、祖母が遺してくれたこの旅館を後世まで引き継ぎたい、という気持ちはあったのですが、どうにもこうにも経営が立ちゆかなくなってしまって、今月末で廃業ということになりました。ですから、このまま新規の予約が入らなければ、皆様が、最後のお客様ということになりますね」

月末といっても、月末まではあと三日しかない。私たちに至っては明日の昼には帰ってしまうし、何だかとんでもないときに来てしまったな、と思った。旅館の廃業の場に居合わせることなんて、そうそうない。厳密に言えば、「その時」が来る二日前には帰ってしまうので、まさにその場に居合わせる、ということにはならないのだが。この手の「イベント」は人生で初めての経験だったので、不謹慎ながら何だか浮き足立った気持ちになってしまった。私も所詮は他人の不幸を面白がってしまう下衆である。母に言わせれば、きっとろくな死に方はしないだろう。

そんな迷信めいたことを考えつつ、部屋に戻ってだらだらしているうちに、夕食の時間が来て、私たちは再び階下へ降りていった。残念ながら料理の細かい内容は覚えていないのだが、メインディッシュとして出されたハンバーグの、上にかかっているデミグラスソースのほろ苦い味が、妙に懐かしくて感銘を受けたのを覚えている。私の幼い頃に仕事帰りの母がよく出してくれたレトルトのハンバーグも確かこんな味だったと思う。それを出してきたであろう例のスタッフは、昼間のしんみりした様子とはうって変わって、朗らかな表情できびきびと働いていた。友人の一人が今日は自分の誕生日なのだと告げると、それならお祝いしなくてはと、奥の方から一眼レフを持ってきて、私たち三人の写真を撮ってくれた。別に私の誕生日ではないし、仮に自分のものを祝ってもらったとしてもそれほど嬉しくない年になっていたが、何だかくすぐったい気持ちになった。当事者の友人も、照れくさいのか、テーブルの端っこで、うつむきながら、困ったように笑っていた。その笑った顔は、少し愛おしく、少し切なかった。私が最後にあんな顔をしたのはいつ頃だっただろうか。これも残念だが、あまりよく覚えていない。

食事のあと、客室で苦いワインを飲みながら、私は自分の、一番苦い記憶を振り払おうと躍起になっていた。それは私の三歳の誕生日で、狭い団地の、小さなリビングで、バースデーケーキを囲んで歌ったハッピーバースデーの歌だった。まだ若い母と、その横に並んだ、見知らぬ若い男の笑顔。白い歯を見せて笑うその人は、今思えば、今の私に少し顔が似ていた。ただ、それだけの話。ただそれだけの話なのに、夕食の途中で浮かんだその光景は、食べ終わって部屋に戻ってからも、しつこく脳内にまとわりつき、なかなか消えてくれなかった。以前はどんな「お涙頂戴」の物語にも心を動かされたことがなかったのに、今日では、それまで全く縁のなかった他人の不幸に引きずられて、自分までしんみりとした気持ちになっている。まさに、年齢以上に早く老け込んでしまった証拠だなと思った。この日の私はひどく感傷的になっており、夕日を見ただけでどうしようもないさみしさに襲われるのだった。だからこんなおかしなことを思い出してしまうのだ。今まで何の関わりもなく、二日といないこの旅館がつぶれようと、私には何の関係もない。わかっていても私の憂鬱な気分はますます悪化するのであった。こういうときは、もう眠るしかない。そう思って、目を閉じたが、妙に頭がさえてしまって、眠ることができなかった。畳の上に転がって、一緒に来た友人たちのことを考える。あの二人もまた、気の毒な連中だった。今も、やることがない二人は、映画を見たり、スマホのゲームをやったりしてそれなりに楽しく過ごしているのだろうが、ひとたびそれが終わってしまえば、私同様深い憂鬱に沈んでいく。あの二人は退屈、そして退屈によって生じる、自らの空虚と向き合う時間を何よりも恐れている。そうでなければ、私のしょうもない暇つぶし旅行などに付き合ってくれるはずがない。遠くで誰かの笑い声がした。もうずいぶんと遅い時間だが、友人たちはまだ寝ていないのだろうか。そんなことを考えながら、私は気づけば眠りに落ちていた。

翌朝、激しい雨の音で目が覚めた。窓の外を見ると、濡れた地面の上に、赤や黄色の落ち葉が積み重なり、色鮮やかな、自然の絨毯を形作っていた。都会はまだ暑くても、山の上はもう秋なのだなと思った。昨日までうるさかった蝉の声ももう聞こえてこない。階下に降り、食べきれない程の量の朝食を済ませたあと、私たちは部屋に帰って帰りの支度を調えていた。ぐうたらで散らかし癖のある私たちだったが、今回はたった一日の滞在だったので、いつものように部屋を散らかすことはなかった。すぐに片付けを終えて部屋をあとにする。

下に降りると例のスタッフが帰りのタクシーを呼んで待っていた。彼は今までより抑えた声で、一泊二日の二日間、当館をご利用頂きありがとうございました、まだ暑い日が続きますが気をつけてお帰りください、と挨拶した。私は無言のまま、会釈でそれに返した。玄関の前にはもうタクシーがいる。きちんとお別れをしたいなら今すぐ気の利いたことを言わなければいけない、と思っていても言葉がなかなか出てこなかった。タクシーの後ろのトランクに荷物を積み込み、後ろの一番奥の席に座る。友人たちがそこに続けて入ってきたので、向こうにいるスタッフとはもう話ができない。

扉が閉まり、車が動き出す。夏の退屈を吹き飛ばすいい気晴らしになると思ったのに、余計に気分が落ち込んでしまった。やっぱり一週間くらいはよそにいないとだめなのだろうか。もちろん、そんな贅沢をできるほど私の家は裕福ではないのだが、効果がないようではわざわざ遠くに出かけた意味がない。今度はたくさんお金を貯めて、夏に長期滞在型の山小屋でも借りようと思った。ふと顔を上げると、窓の向こうではスタッフが頭を深々と下げ、その周りではいつの間にか集まった地元の子どもたちがこちらに向かって手を振っている。彼らに手を振り返しながら、私はこんなことを考えた。もし、あの福引きに当たったのがぼんくらな私ではなく、それなりに頭の切れる、どこかの金持ちの御曹司だったら、あの旅館を救えていただろうか、と。いくら考えても、答えは出なかった。どちらにしろ、全て終わったことだ。あの旅館の倒産も、あのスタッフの将来も、私たちには何の関係もない。そう思っていても、暗く沈んだ私の気持ちは晴れなかった。

車は、らせん状に続く緩やかな坂道を滑るように降りていく。もう振り返ってもあの宿屋は見えないだろう。それでも、万が一、例のスタッフの悲しげな様子が目に映ってしまったらと思うと少し怖くて、振り向く勇気はなかった。今更リップサービスなど酷なだけだが、他にできることがない以上、嘘でもいいから、もう一度来ます、くらいは言っておけばよかったな、と後悔した。たとえ今からどんなに望んでも、こうして帰途についてしまったからには、彼と会うことは、もうないだろう。道路の両脇を固める紅葉の赤い色だけが唯一の救いだった。私の命もこの紅葉のようにさっさと散ってしまえばいいと思った。

――花と紅葉は、散るからこそ美しい。それは命も同じこと。

そんなくだらないことを思いつき、さらりと手帳の余白にメモしてみた。遠い夏のことだった。

2 半生

そういえば、私は火付けをしたこともあった。それがいつ頃のことだったかはよく覚えていないが、以前住んでいた家の近くには、地域共有の小さなゴミ捨て場があり、その場所がひどく不潔だったことは確かである。ゴミ捨て場と言っても、そこにはカラスよけのネットもなく、蓋のついた頑丈なゴミ箱があるわけでもなく、ただ地べたにそのままゴミ袋を並べただけだった。だからしょっちゅうカラスの群れが荒らしにやってきて、紙くずやら生ゴミやらを散らかしていく。夏になると悪臭がひどくてハエが湧いていた。

その不潔さが子供心に許せなかったのかもしれない。ある夏の夜、私はこっそり自宅を抜け出すと、ゴミの山にいたずらをした。あちこち穴のあいたゴミ袋にたっぷりサラダ油をかけた後、そこにマッチで火をつけた。星の綺麗な晩だった。満天の星空の下で、激しく燃える炎が汚らわしいゴミの山を焼き払い、浄化していくのを見るのは、快感だったが、餅を焼いたときのような焦げ臭いニオイと、プラスチックの溶ける嫌なニオイとが、私を現実の世界に連れ戻した。火のぱちぱちとはぜる音に聞き惚れ、天高く上がっていく、赤い炎に魅せられながらも、私は心のどこかで、まずいことをしたと思っていた。一方でこの美しい光景をずっと眺めていたいとも思い、しばらくぼんやりとしていたが、結局そこにいたのは五分程度だった。闇の中、少し離れたところから、誰かの話し声が近づいてきて急に怖くなった私は、声の主に気づかれないよう顔を伏せて、ドブにマッチと油のボトルを捨てると、そそくさと逃げ帰った。どうか顔を見られていませんようにと祈りながら。

私と母親が都会に引っ越したのは、確か小学校二年生の頃だったと思うが、今考えると、あれは、私の、そのちょっとした火遊びが原因だったのかもしれない。その「不祥事」のせいで田舎の町にいられなくなった家族は、逃げるようにして知人のいない都会の街へと移り住んだ。

後でその事情を知った母方の祖父は、こいつは絶対ろくな奴にならんと言ったが、確かにその通りだった。田舎の学校でも周りになじまなかった私は、結局転校先の都会の学校でも周りになじめず、学校をサボっては近くの公園で虫取りに精を出していた。ひどいときは、公園で捕まえてきたバッタの死骸をばらばらにして、隣家の玄関にばらまくということもやった。家の台所からくすねてきた生ゴミを、公衆トイレの便器にぶち込んで、そのまま流さないで帰ってきたことさえある。とにかく悪さをせずには生きていけない困った子どもだった。学校では、クラスメイトの香りつき消しゴムを盗んでは、先生に叱られていた。当時の私の感覚でいえば、そんな盗みたくなるような物を学校に持ってくる方が悪いのだし、何よりこちらには物を盗むという意図は全然なかった。一日拝借してちょっと匂いを嗅いだら、すぐに持ち主の元に返すつもりでいたのだ。それなのに向こうは泥棒だ、泥棒だとしつこく責め立ててくるし、関係のない連中もこっちを見てへらへら笑っているので、ついかっとなってそのうちの何人かに手を出してしまった。おかげで、職員室に呼び出され、学年主任の教員から二、三十分ほど説教を食らうことになってしまった。内心言い返したいことはたくさんあったが、こういうときに口答えをするとより面倒なことになるのはわかっていたから、黙ってうつむいていた。所詮は臆病者である。

またあるときは、クラスの悪ガキたちに煽られ、その場のノリで、花壇の花を全部引っこ抜いてしまったこともある。ヘタレのくせに図々しいところのあった私は、その場の思いつきで、「中学受験の勉強でストレスが溜まっていて…」と必死の弁明を試みたが、私が中学受験をしないことを知っていた担任に、そんな言い訳が通じるはずもなく、このときは拳骨で思いっきり殴られた。さすがにその時の傷は残っていないが、今でも時折、自分の頭が悪いのは、この担任に殴られたせいだったのではないかと思うときがある。

その後あまりにも素行が悪いということで、母が学校に呼び出され、私は学校側の勧めにより、市内の教育センターというよくわからないところに連れて行かれ、知能検査やカウンセリングやらを受けさせられることになった。小児科にも行くことになり、そこでも色々なことを質問された記憶があるが、それらの医療的措置にはあまり効果がなかったようだ。今はとりあえず、コミュニケーションの方法を学ばせるために、通級指導教室に入れて様子を見ましょうということになった。しかし通級指導教室というものはえらく人気があるようで、そのとき市内のクラスはどこも定員いっぱいで空きがなく、また年内に空きそうな気配もなかったため、この件は一旦保留となった。私はそのような結果が出てすっかり安心した。一人だけ全体から「隔離」されて、「変人」として別の枠組みに入り、特別扱いされるというのは、家族にとって何だかひどく不名誉なことのように思えたからだ。

そうして、何の対策もないまま、私は五年生に上がった。皆が思春期にさしかかり、来年度に迫った中学受験から来る緊迫した空気も高まってきて、学年全体の雰囲気が荒れ始めた頃、一人の少女がこのクラスに転入してきた。彼女の名前は、仮にアキコとしておこう。アキコはおとなしく、普段は全く目立たない子だったが、ひとたびよくわからない理由でかんしゃくを起こし出すと、大人でも手をつけられないほど暴れた。かんしゃくがひどくなってきた三年生の時に私と同じような検査を受け、昨年末の引越しを機に、五年生の四月からこの学校の通級指導教室に通い始めることになったという。

私は自分と同じ「問題児」であるこの少女に興味を持った。性格や「問題」の傾向は違うものの、変人として集団から排除された経験を持つもの同士、わかり合えるところもあるのではないかと思ったのだ。しかし、ここは思春期の悪ガキどもが集う高学年の教室。男女二人で仲良くしようものなら、すぐにカップルとしてからかいや冷やかしの的になる。隣のクラスの美少女Kならまだしも、よりによってこんな不細工な少女とカップルにされてはたまらないので、私は特に声をかけることはせず、まずは観察から始めることにした。

しかし、観察を始めてすぐ、私はその期待を裏切られることになる。この少女は、結局大した人間ではなかったのだ。授業中によそ見をして、教師から注意されただけで逆ギレして泣き、運動会の練習中、自分が百メートル走で負けると、グラウンドの隅っこの方に行っていじける。私は彼女の、他の女子にも負けない幼稚さ、愚劣さにすっかりうんざりしてしまった。ただいじめ甲斐はありそうだ。ちょっと乱暴な言葉を投げつけてやっただけで、泣きながら教室を飛び出していくし、机の中にカタツムリを入れてやっただけで大パニック。おかげで私は教師からひどく叱られたが、それでも、ざまみろという感じの、爽快な気持ちになった。むかつく奴を思いっきりやっつけてやるのは本当に気分がいい。少なくとも、当時の私はそう思っていた。

ある日の休み時間、雨で何もすることがなく、退屈していると、アキコが隅っこの方の、自分の席で、机に向かって何か書き物をしているのが見えた。もう昨日の分の宿題は終えているはずだし、何だろう。私は彼女の席まで行って、何書いてるの、と尋ねるが早いか、そのノートを取りあげた。アキコはノートを取られまいと、端っこの方を押さえようとしたが、何しろどんくさいのでそうしようとしたときには、ノートは既にこちらの手中にあった。中には絵ではなく文字が書いてあり、どうやらお手製の詩集のようだった。私はページをパラパラとめくり、その中の一つを冷やかすような感じで読みあげてみた。

放　火

私は、家に、火をつけた

暗い　暗い　満月の夜
猛獣たちが眠る頃
ぼんやり光る月を背に
怖くて　怖くて　火をつけた
虫の声を聞きながら
誰かの影におびえつつ
自分の肩を抱きしめて
こっそり　こっそり　火をつけた
私の、秘密の、犯罪

「何だこれ、気持ち悪りぃ〜」

口ではそうはやし立てながらも、私は偶然の一致にぞっとせずにはいられなかった。あまりにも動揺して、もしかしたら、こいつは私が放火したことを知っているのかもしれない、というありえない妄想さえ出てきてしまったほどだ。呆然としている私を尻目に、彼女はさっと立ち上がり、奪われた自分のノートを取り返すと、ドア付近にいた別のクラスメイトを突き飛ばすようにして教室を出て行ってしまった。それっきり、あの子は学校には来なかった。ただ、それだけの話。

六年生の時は、びっくりするくらい何もなかった。アキコと私とはまた同じクラスだった。壁にある自己紹介カードの群れを眺めていると、たまたま彼女のものが目に入った。他の級友のものは六年生になって内容が更新されているようだったが、彼女のカードだけはまだ五年生のものを使っていた。その証拠に学年も出席番号も五年の時のままである。「将来の夢」の欄に小説家と書いてあるのを見て、くだらないと思った。例の創作ノートには詩と独り言しか書いていなかったではないか。小説を書かない者が小説家なんぞになれるわけがない。全く、馬鹿じゃあるまいし。私は小さく舌打ちすると静かに教室を出て行った。退屈だ。次の授業まではまだ三十分もある。休憩時間なんていらないからさっさと帰らせてほしかった。全てが、だるい。

年が明けて、私は地元の中学に上がった。桜の下、渡されたクラス分けの紙を見ると、そこにアキコの名前はなかった。どうやら他の中学に進んだらしい。私は安心したような物足りないような気持ちで教室に入った。集まった面々を見ると半分くらいは知った顔だった。またつまらんところに来てしまったなと思った。

中学の授業は概して退屈だった。楽しみにしていた数学の授業は、小学生のうちから独学で数学に親しんでいた私にとっては、知っていることの繰り返しであり、理科の元素記号や実験も同じ理由で退屈であった。一方一生訪れることのないような遠いよその国のことを学ぶ地理や、大昔の過ぎ去った出来事を延々とリストアップしていく歴史の勉強には少しも興味が持てず、その成績は下から数えた方が早かった。スポーツに関しては、走るのはそれなりに速かったのだが、体育でやらされるのは苦手な球技や水泳ばかり、活躍できるのは体育大会前の短い期間だけで、それ以外では恥をかくことが多かった。クラスメイトは退屈な奴ばかりで、相変わらず友だちはできなかった。

学校のもので唯一興味を持てたのは、図書室だった。かつて私は、読書なんぞ走ることを知らない軟弱者がやるものだと思って馬鹿にしていたのだが、中学になって他にやることがなくなってからは、物語の世界だけが心の慰めになった。ちょうど格好付けたい年頃だったこともあり、国内の作品ではなく、海外の文学を読みあさった……と言いたいところだが、実際には「読みあさる」というほどには読んでいない。祖父が好きだった「三銃士」は子ども向けの版でしか読んでいないし、図書室の司書に勧められた「星の王子さま」は、あまり真剣に読まなかったせいか、最初の帽子に見せかけたウワバミのシルエットと、飛行士が王子に子ヤギの絵を描いてやるくだりしか覚えていない。あとは個人的に興味のあった、ランボーやボードレールの詩集を斜め読みしただけで、他の国の作品はあまり読んでいない。別に狙ったわけではなかったが、なぜかフランスの作品に偏っていたのである。

小学校の卒業から二ヶ月が経ったころ、家に宅配便で卒業アルバムが届いた。まず写真のページをパラパラめくった後、どうせ面白いことは書いていないだろうと思いながら、後ろの方の卒業文集のページを開いた。案の定、六割から七割の人が、同じようなこと…つまり林間学校や運動会といった、大きな行事のことばかり書いていて、私は半分も読まないうちに飽きてしまった。かく言う私も、他のつまらない連中同様、どうしようもない運動会の話を書いていたので、人のことを偉そうには言えないのだが。ただ学年で一番の秀才君だけが英会話に関する興味深い記事を書いていた。気になるアキコのページはといえば、名前と出席番号とがあるだけで、後は空欄だった。

アルバムの件ではモヤモヤしたものの、私は周りになじめないなりに、一人でそれなりに楽しい日常を送っていた。学校にいる間は読書と昼寝で時間を潰し、学校に行く気がしないときは近くの運動公園の、芝生広場まで行って、草の上に寝転びながら、図書館の本や私物の漫画本を開き、夕方まで居座った。江の島にもよく行った。江の島シーキャンドルの展望台から、青みがかった灰色の海を眺めているときは、芝生に寝転がって空を見上げているときと同じくらい幸福だった。母は、私のずる休みを知っていたが、この子には何を言っても無駄だとあきらめていたのか、特にとがめ立てはしなかった。江の島にいたときは、海に沈む夕日があまりにも美しくて、このまま一日が終わらなければいいのにと思った。

中学校三年生の時に、ガールフレンドができた。夏から半年くらい付き合っていたが、いわゆる自然消滅というのか、自分たちでもよくわからないうちに別れてしまった。今では彼女のことを本当に好きだったのかさえよくわからない。なんせ彼女の名前さえ思い出すことすらできないのだから。この頃作った詩があるので、下手くそだとは思うが聞いてもらいたい。

初恋は　夢より早く消え失せる
夢とわかれば　愛さぬものを

思い切って書いてみたのはいいが、こうして改めて見てみると、あまりにも下手くそで、自分でも恥ずかしくなる。もっとまともな詩は書けなかったのだろうか。この

「恥さらし」の勢いに任せて、今まで書いてきた文章の、全てのページを破り捨てたい気持ちになってしまうが、物語はまだ終わっていない。もう少しの辛抱だと思って最後まで書くことにしよう。

さて、勉強にも、他のことにも、一切やりがいを見いだせないまま、私はとうとう高校受験の日を迎えてしまった。高校浪人なんて聞かないし、楽勝だろうと高をくくっていたのだが、本命だった、公立の進学校には推薦でも学力試験でも落ち、滑り止めとして受けた私立の学校も全て不合格で、結局二次募集のあった人気のない公立校に行くことになった。私はひどくふてくされた。

案の定そこでも友人はできず、高校生活は青春とはほど遠いものになった。せいぜい印象に残っていることは、中学同様また学校をサボって、近くのデパートの屋上に寝転び、ラジオから流れる洋楽の番組をぼんやりと聞いていたことぐらいである。その時は一度本気で歌手になろうと思ったのだが、結局母親の反対によりあきらめることになった。今思えば、あの頃の私はあまりにも従順すぎたのかもしれない。もしあそこで思い切って家出して、東京にでも出て、歌の道に進んでいたとしたら、今の人生も少しはマシなものに変わっていたかもしれなかったが、これればかりは、いくら考えてもなんとも言えない。

高校には音楽にかかわる部活、すなわち軽音楽部や吹奏楽部、合唱部があったのだが、人間関係全般を煩わしく感じ始めていた私は、勉強の難しさを口実に、どの部活にも入らず、晴れて帰宅部となった。実は、自作の詩や小説を持ち寄って同人誌を月一回発行する文芸部なるものもあり、私はそれにも心を惹かれていたのだが、文芸創作なんて根暗がやるものだと思っていたのもあって、結局入部届を出せずに終わってしまった。今思えばそれも失策である。ここで文学仲間を見つけていれば、その後の人生はもう少し明るくなったかもしれなかった。

さて、肝心の学業のことだが、嘘をつくまでもなく、実際に高校の勉強は難しくて、私の成績はほとんど底辺に近くなってしまった。いや、難しかったと言うより、やる気が出なくて困ってしまったと言う方が正しかったかもしれない。学校で教科書を開いても眠くなり、家で受験用の参考書を開いても眠くなる。電車の中ではまず勉強しない。教師からはこのままだと進級も危うくなるぞと尻を叩かれたが、一向に頑張る気になれず、今まで通り小説ばかり読みふけっていた。まだやりたいことも決まっていなければ、特に勉強したいこともない。学問にも他のことにもいまいち一生懸命になれないまま、時間だけが過ぎていき、とうとう今度は大学入試の日が近づいてきてしまった。

私は「チャレンジ校」の超難関校一校と、「本命」の難関校三校と、「滑り止め」の中堅校一校を受けた。本当は大学なんて行くつもりはなかったし、特に「チャレンジ校」なんて絶対受かるわけがないと思っていたのだが、何の取り柄もない自分が高卒のキャリアでいい就職口を見つけられるとも思えなかった。教養を重んじる母親の強い勧めもあって、渋々大学入試を受けることにした。どうせやるなら本気でやろうと思って、三年の夏から毎日徹夜で頑張ったが、準備を始めるのが遅かったのもあって、結局、最初に受けた滑り止めの中堅校しか受からなかった。どうでもいいことだが、そこの試験会場のストーブが強すぎて、妙に暑かったのを覚えている。私を「いい学校」に入れたがっていた祖父母は、また来年も挑戦していいと言ってくれたが、特に本命やら第一志望やらに執着があったわけではなかったので、そのまま受かったところに入ることにした。どうせここでもいい出会いはないだろうと思っていた。

そうして二年ほどゴロゴロしているうちに、私は二十歳になった。もう成人だしそろそろ就職のことを考えなければと思って、「自己分析」をするために、生まれてから今までの人生を振り返っていると、ふと、忘れていたアキコのことを思い出した。私は小学校から大学までの、長く、憂鬱な学校生活を通して、すっかり夢を失ってしまったが、彼女は十年以上経った今でも、まだ、小説家になりたいなどとバカなことを言っているのだろうか。そう思うと、急に会いたくなってきた。別に、友だちでも恋人でも何でもなかったのだが、彼女なら、少なくとも私が今つるんでいる連中よりは、真面目に話を聞いてくれるような気がした。

これまでの経験から、何ごとにもあまり期待しない方がいいのはわかっていたが、私は既に、彼女が参加するかもしれない、地元の成人式を覗いてみることを決めていた。式当日、新成人は出身中学ごとに決められた区画に集まって参加することになっていたが、風の噂によれば、アキコは、小学校を卒業した後、市内の三中に進学したらしかった。それなら私が進学した八中ではなく、三中のブースに行けば、見つけられるかもしれない。

成人式の朝、集まった袴姿の若者たちをかき分けながら、私はアキコを探していた。式自体には参加しないつもりなので、式が始まる前にさっさと見つけて、さっさと帰るつもりだったのだが、なんせ人が多いので前に進むだけでも大変だった。市民ホール前広場の入り口から、本来なら一分もしないでたどり着けるホールの玄関まで、十五分以上掛かって到着し、室内にある三中のブース（会場に案内板があったのでわかった）まで来たときには、すっかりヘトヘトになっていた。もう、二度とこんな人混みの中は歩きたくないものだと思った。さっきまで寒かったはずなのにあちこち汗ばんでいて気持ちが悪い。

しかし、そこまでしてやってきた三中のブースを見回してみても、アキコらしき少女は一向に見つからなかった。それもそのはずだ。十年も経てば顔立ちも変わってくるし、髪を染める者や、メガネをやめてコンタクトに変える者も出てくる。そこにさらに化粧でもしようものなら、もう見つけようがない。

私はあきらめて帰ることにした。途中の、図書館のあたりですれ違った、黒のダウンコート姿の女に、少し彼女の面影を見たような気がしないでもないが、声をかけることなく、そのまま進んでいった。そもそも人違いかもしれないし、所詮私はアキコをいじめたいじめっ子にすぎない。今更、話しかけたところで、何になるというのだろうか。せいぜいお互いが傷ついて終わるだけである。私はさらに足を速めた。冬の町は、一人で佇むには、あまりにも寒かった。

3 後悔

第一の物語は、もしかしたらこうだったかもしれない。

生首の出現に驚いた私は、友人たちを連れて、フロントにいるスタッフにそのことを伝えに行った。しかしスタッフは、ああ、またですか、多いんですよね、この町、と驚くほど素っ気ない反応を見せた。――今度は、あまり血が出ていないといいなぁ。この前は、血まみれの手首だったんですけど、その時は、あちこちに血がこびりついてしまって、掃除するのが大変でした。絨毯も、カーテンも、全部ダメになってしまいましたし。ほんと、勘弁してもらいたいですよね、犯人には。

私は気味が悪くなり、その日のうちにこの宿をあとにすることにした。キャンセル料はたくさん取られるかもしれないが、仕方がない。命を取られるよりは、金を取られる方がまだマシだった。荷物を取りに行くため、部屋に戻ろうとすると、スタッフに呼び止められた。

――お帰りの際は、十分気をつけてくださいね。うちのお客さん、よく狙われるんですよ。その…殺しの被害者じゃなくて、死体の運び屋として。

おそるおそるリュックサックを開けてみると、中には、ホテルのフェイスタオルに包まれた、血まみれの手首が一つ入っていた。おまけに、ロッカーのハンガーに掛けておいた、新品のパーカーには、血のにおいのする真っ赤な手形が三つほどついていた。私はそれきり嫌になって、旅行には行かなくなってしまった。

第二の物語は、もしかしたらこうだったかもしれない。

成人式の帰り道、私はたまたま通りでアキコと再会した。食品類の入ったエコバッグを手に提げていたので、どこかへ買い物に行った帰りだったのだろう。服装はジーパンにダウンコートといういかにも普段着らしい出で立ちで、成人式には参加しなかったようだった。

私たちは、駅前の大通りを、彼女の祖母が住む、市営団地の方まで歩きながら、お互いの近況や、小学校の頃の思い出、これからのことなどについて語り合った。郵便局の角で別れるとき、彼女は、連絡先を書いた紙と、エコバッグに入っていたお菓子の袋を一つ、こちらに渡してくれた。紙の裏側には、少年よ、大志を抱け、と書いてあった。どう見ても人様の受け売りだし、相変わらずキザな奴だと苦笑したが、私はその短い文面の中に、僅かな希望を見いだした。今の私なら、小説の大作の、一つや二つは書けるかもしれない…そう思った。

しかし、そんなことはどうだっていい。決して投げやりになっているつもりはないが、私はたぶん、もうすぐ死ぬのだ。就職活動に失敗してから早五年、そろそろ三十の齢が見えてくる頃なのに、私は未だに何の職にも就けていない。去年の夏に行った温泉旅行も、あまり気晴らしにはならなかった。生まれついての外れ者である私に、帰る場所など、はじめから、どこにもなかったのかもしれない。

先日、山登りに出かけた。本当は駅前のデパートに行って、三階の書店で新作の小説群でも冷やかしてこようかと思っていたのだが、新手の感染症がはやっていたこともあって、なるべく人の少ない場所に行くことにした。もう十二月だったので、紅葉は既に終わっているものと思っていたが、まだ銀杏の黄色が残っていて驚いた。赤や黄色の枯れ葉を踏みしめながら、山道を登っていると、何人かの人とすれ違った。自分も、その人たちも、皆一様にマスクをしていた。せっかく空気がいいところに来ているのに、まともに息が吸えないのは残念なことだ。

もしかしたら、私たちは、生まれてきただけでも損をしているのかもしれない。そう思っても、イマイチ死ぬ気になれなかったのは、家に残してきたあの作品——あるいは遺書かもしれなかった——が、未完成のまま放置されていたからだろうか。とにかく、あれを書き終えるまでは、私は死ぬことができない。

作家になりたかった。だけど人に知られるのは怖かった。

家にある小さなプリンターで、自分の作品を初めて印刷し、とある雑誌の新人文学賞に応募したとき、私は、訳もなく、強い不安感に襲われた。こんなものを世に出してよかったのだろうか、こんな駄作のために、高価なプリンターインクを使ってよかったのだろうか、と。そうして、罪の意識に悶々と苦しめられているうちに日が暮れた。結局その作品は「無事」落選したが、私は未だにその作品を応募したことを悔いている。

私は、一体何を目指そうとしているのだろうか。今日も答えが出せないまま、眠りにつく。このまま目が覚めなければいいのにと、心の底から、強く願いながら。

十八歳の夏に殺人事件を起こした高校時代のクラスメイトの話や、大学時代に愛読していた太宰治の話など、書きたいことは他にもいくつか残っているが、遺書があまり長くなってもいけないので、今回はここで筆を置くことにする。皆さん、ごきげんよう。私と会うことは、もう、ないだろう。最後に私の小説の何節かを紹介して、後書きの代わりにしたいと思う。

終章　創作ノート

I

今日も、二人三脚の練習で、ペアの子と歩くペースをうまく合わせられず、クラスの皆から責められた。私だって一生懸命やっているのに、誰も認めてくれず、けなしてばかり。それなら、ちゃんとやらなければよかったと、後悔している。ああわかったよ。明日からは真面目にやらない。みんな死んじゃえばいいんだ。そして学校も消えてなくなれ。

家に帰って、いつものように冷蔵庫にある炭酸水を飲んだら、変に苦くて、喉がイガイガして、気持ち悪くなって、しこたま吐いた。私は変な病気になって死ぬのかもしれない。どうしよう。心配させるとよくないから、お母さんには言えない。棚の上のランドセルが、ぼやけて見えた。

目が悪くなった。視界の端に、ミジンコが見える、こういうのを、お医者様の世界では、ヒブンショウと言うらしい。蚊が飛んでいるように見えるから、飛蚊症。五年生の健康診断では、両目とも視力が一・〇以上の「A」だったのに、六年生になった今では、前から三番目の席にいても、黒板の字がよく見えない。私の目はこのまま見えなくなってしまうのだろうか。心配で毎日おなかが痛くなるほどなのに、叱られるのが怖くて、お母さんには言えない。絶対、あんたがテレビを見過ぎるからでしょ、と怒られる。テレビと目の悪さはあまり関係ないと思うのだけど。

また、お母さんが学校に呼び出された。原因は、私が保健室で描いた、お墓の絵。その墓石に、私の名前があるのを見てぎょっとした保健室の先生が、校長先生に報告して、大事になったらしい。私は、別に、死にたいなんて少しも思っていなかったし、ただ、いつもの悪ふざけで、ちょっとした変な絵を描いてみただけなのに、おかしな事になった。もう、私は、ふざけてはいけないのだろうか。少なくとも、身近なところには、私独特のユーモアのセンスを理解してくれる人はいないみたい。お母さんからは、死ぬことを笑いのネタにするなんて不謹慎だと叱られた。人は、最後には、絶対に死ぬのに、どうしてそんなにありふれたことである死が、「それは言わないお約束」になるのだろうか。私には、よくわからなかった。

今朝はおなかが痛くて遅刻した。通級指導の「ひまわり教室」に行くだけだと言っているのに、たまたま廊下で会った二年生の副担任の先生は、私を無理矢理行きたくもない全校朝礼の場へと連れて行った。朝礼の途中で、体育館の後ろの扉から入ると、扉の近くに並んでいた、五年生のうちの何人かが振り返ってこっちを見たので、すごく恥ずかしかった。とにかく私の属する六年生の人たちに見られなくて良かったなと思った。幸い、六年生は、ここから最も遠い、一番奥の列にいた。「ひまわり」の時間が月曜の午前だと、こういうことがあるから困る。「ひまわり」の時間、火曜かどこかに変えてもらえないかしら。でも、それはそれで、今度は、遅刻したときに六年三組の教室に連れて行かれるのか。あそこには、ほとんど入ったことがないが、メンバーは去年の五年一組と変わらないらしいので、雰囲気は何となく分かる。どうして前の学校のように、一年ごとにクラス替えをしてくれないのだろうと恨めしく思った。この学校では、忌々しいことに、クラス替えは二年ごとである。これではいつまで経っても私は学校に復帰できない。

給食の牛乳の味がしない。気持ち悪かったが、気合いで全部飲み干した。最近は、「ひまわり」に行くのさえしんどかった。月曜の午前中は「ひまわり」で過ごし、昼食を食べたら帰宅。火曜から金曜までは、「ひまわり」がないので、教室には行かず、保健室か図書室にいる。他の人から見たらサボりかもしれないが、私にとってはこれが今できる精一杯のこと。それなのに、担任の先生は恐ろしく軽いノリで、たまには教室に来てみたら、みんな待ってるよ、なんて言ってくるものだから、腹が立つ。こっちは学校に行くだけでも命がけなのに、私をいじめるあの人がいる教室なんて…ほんと、馬鹿じゃないの？　来週は六年生全員で、近所の第三中学校を見学するということだったが、行きたくなかった。中学に進んだところで、状況は何も変わらない。今の嫌なメンバーがそのまま持ち上がるだけだ。

Ⅱ

今日も、全てが虚ろ。何かがあたしを、内側から食い荒らしていく。外の緑がこんなに鮮やかで、空気も涼やかで、こんなに心地いいのに、どうして気分は沈んでしまうのだろう。前髪がダメになるから、雨は嫌いだ。こんにちは。あたしは陰気な高校生。今日もバス停で、来るはずもないあなたを待っている。

あはは、思いっきり年齢詐称。まだランドセルを背負っているような、十二歳のガキが、こんな痛々しいことを書いていて大丈夫なのかな。そもそもあたしは高校生になれるのかな。高校生の年まで生きられるのかな。馬鹿馬鹿しくなって、この日入力した分を全部消す。ブログはこの辺にして、早く寝ないと、明日がきつい。

どうにでもなれ、あたしの未来。半ば投げやりになりながら、スマートフォンをベッドの上に放り出す。あたしの意中のあの人は、今頃どうしているのだろう。もう連絡先を交換して一ヶ月も経つのに、未だにメッセージが来ない。…もういっそ家まで押しかけていって、放火でもしてやろうか？　暗い嗤いが込み上げる。自分は絶対に放火なんてしないだろうと確信しつつも、あたしはマッチを取りに行く。

パソコンを開いているときも、スマホをいじっているときも、あたしは別の誰かを演じている。例えば今日は、どこにもいない架空の女子高校生を演じる。もし、そこに書きこんだことが全て嘘なのだとしたら、あたしは誰のために、何のために、ブログやチャットを書いているのだろう。膨大な電子データのどこにも、本当のあたしはいない。そもそも、本当の自分なんてものが存在するのだろうか。目の前に他者がいる限り、私たち人間は他の誰かを演じ、嘘をつかなくては生きていけない。考えるだけで嫌になる。

だけど、「普通の子」なら、こんなことを考えないはずだし、考えちゃいけない。変なことを言ったり、やったりしたら、その途端に、浮いてしまう。あたしはこのままじゃダメなんだ。そう思って、ひたすら演じる。良くも悪くも、「普通の子」を。

雨の日の休み時間、教室でクラスメイトの会話を盗み聞きする。芸能人や部活、アルバイトの話ばかりで、それらと縁のないあたしには、到底ついていけそうになかった。…と、いうより、どうしてあたしは、せっかく高校生を演じるのに、イケイケの「一軍女子」を演じようとしないのだろう。あたしがなりきるのは、いつも暗くて目立たない子ばかり。たぶん、この先自分がどうあがいても人気者になれないことを、既に悟っているからかもしれない。そう、いくつになってもあたしは、暗くて、ダサくて、嫌われ者のまま。中学生になっても、高校生になっても、何も変わりやしないんだ。

本が読みたい。あたしの本棚には、教科書と辞書の他に本がなかった。漫画はもちろん、小説や詩集といった文学の本ですら、不健全という理由で買ってもらえなかった。好きなものを買うための小遣いだって、どうせろくな使い方をしないだろうという理由で、一円ももらったことがなかった。せっかく親戚がお年玉をくれたとしても、全て強欲な母親が「代わりに貯金してあげる」という口実で召し上げてしまう。あたしが自由に買い物や読書を楽しむにはアルバイトができる高校生まで待つしかない。絶望。

どうせ叶わない夢だから、今のうちに書いておく。悪いことがしたい。テレビゲームがしたい。小説を読みたい。買い物をして、化粧をして、きれいな服を着て、夜の繁華街で遊び回りたい。遊園地に行って、友だちみんなと青春を謳歌したい。生きているうちに、もっと色々なことを記録しておきたい。この日記でも、パソコンのブログでも。

月曜日に、通級指導教室の担任から、月一回発行の学級通信「ひまわり便り」に、生徒を代表して何か書いてみないかと誘われた。恥ずかしいし、書くことないからいいです、と断ったけど、本当は凄く嬉しかった。

嫌じゃなかったら、少しだけ聞いて下さい、私の、話。

私は小学校三年生くらいから、ずっと学校でいじめられていました。理由はよくわかりません。たぶん、何となくむかついたとか、そんなことだと思います。そうでなくとも、私は少し太り気味で、気が弱くて、いじめっ子から狙われそうなタイプではありました。運動は嫌いだったし、家では脂っこいファストフードやスナックの類しか食べさせてもらえなかったので。それからの二、三年間は地獄の日々。いつどこで誰に何をされたとか、当時自分がどんな子どもでどんなことを考え、感じていたとか、そんなような細かいことは思い出せないし、思い出したくもありません。

別にやせようと思っていたわけではないのに、気がついたらすっかり食が細くなっていました。大好きだったポテトチップスも、ドーナツもほとんどのどを通らなくなってしまったのです。五年生の時に、心配した祖母が病院に連れて行ってくれたけれど、病気の原因はわからずじまい。軽度の気分障害かもしれないので、とりあえず通級指導教室に入れて様子を見ましょうということになり、私は安心しました。もしかすると意地悪なクラスメイトのいる通常クラスに戻らなくてもよくなるかもしれない、と思ったからです。実際には通常クラスに通いながら、週一回程度通級指導教室に顔を出すというやり方が普通のようですが、私の場合、事情が事情なので、通常クラスには無理に出なくてもいいということになりました。

一方、母は私が「普通」の枠から外れることをあまり良く思っていなかったようです。もともとしつけが厳しい人ではあったのですが、私が通級指導教室に通うようになってからはさらに厳しい態度をとるようになりました。彼女の関心は娘である私がいつになったら通常クラスに戻れるのかだけに向けられていて、私が通級指導教室でどのように過ごし、そこで何を感じているのかが話題になることはほとんどありませんでした。ひどいときには物や平手打ちが飛んでくることもあったし、あんたなんか産むんじゃなかったと心ない一言をぶつけられることもありました。祖母がたしなめようとしても、無駄でした。

私、時々思うんです。こんなはずじゃなかったって。本当の私も、学校での毎日も、家での毎日も、こんなはずじゃなかったって。月並みでうんざりされるかもしれないけど、いつもこんなはずじゃなかったって思うんです。本当の私はもっといい子で、クラスメイトや母とも、もっとうまくやっていけるはずだって。他のみんなだって、お母さんだって、本当はもっと優しいはずだって。

馬鹿馬鹿しいですよね。くだらない話ですよね。この世の中に、いわゆる「善人」なんているわけがないんです。みんな、自分が一番可愛いんだし、どこかしら汚い部分、残酷な部分を持っている。ひとたび危険な状況に追い込まれたら、いや、そうでなくても、何かの拍子に残酷な部分にスイッチが入ってしまったら、もう自分では止められない。もう、獣のような残忍な本能に従って、自分でもびっくりするくらいむごいことをするしかないんです。


今でこそ偉そうなことを書いているけれど、私だって、人を殺そうとしたことはあります。母親の煎茶に塩素系漂白剤を入れて、毒殺しようとしたのです。…においで気づかれると考え直し、結局飲ませないまま流しに捨ててしまったのですが。母親を殺そうとしたのは、別に今までの恨みのためではありません。ただ、全てをめちゃくちゃに破壊してしまいたかったのです。怒りにまかせてコップやお皿を床にたたきつけ、粉々に割ってしまうように。今もそう。訳もなく腹が立って、大声で叫びたくなる。

違うんだ。本当の私は、優しくて、おとなしくて、いい子なんだ。そんな乱暴なことを、考えるはずがない。…でも、そんなものは、自分さえ納得させることのできない、見苦しい言い訳に過ぎないんです。どんなに否定しても、押さえつけようとしても、獣のような暴力の衝動は止まってくれません。私はもう、狂っているのでしょうか。もしそうなら、誰か、私を殺して下さい。私が、誰かを、殺す前に。

Ⅲ

「世界が滅びますように」

そう短冊に書いた、七夕の夜。私はまだ、六歳だった。ランドセルを放り出して遊んだ遠い日の夏、帰り道の夕焼けが妙に不気味だったのを覚えている。この頃詩はまだ書かない。

不器用である事へのコンプレックス。音楽、工作、スポーツ、何をやっても私は落ちこぼれだった。その悲しさをわかって欲しくて、必死に叫び続けていたあの頃。私の思いは今、届いているだろうか。もどかしい気持ちが、歌になる。

時間割

道徳　お上の価値観すり込まれ
体育　リレーで転んで責められる
音楽　音痴を笑われて
算数　いまだに九九を間違える
給食　毎週食べ残し
掃除　まじめにやって呆れられ
卒業　まだまだ遠い夢
ああ、私の悲しき人生！

ランドセルをぶん投げろ
ランドセルをぶん投げろ
青い、青い空の下
送電線の近くまで
ランドセルをぶん投げろ

黒い、黒い雲の下
リコーダーも宙を舞い
雷様に直撃だ
ランドセルをぶん投げろ
私は明日から中学生
制服なんていやなこった
自由が来るまでさようなら

誕生日

真っ白なショートケーキの上に
小さなドクロの旗を刺す
「これは私のお墓です」
お客はみんな、青ざめた

放火

私は、家に、火をつけた
暗い　暗い　満月の夜
猛獣たちが眠る頃
ぼんやり光る月を背に
怖くて　怖くて　火をつけた
虫の声を聞きながら
誰かの影に怯えつつ
自分の肩を抱きしめて
こっそり　こっそり　火をつけた
私の、秘密の、犯罪

初恋は、女の人だった。それだけで、人生は枯葉色。真っ赤な桜はリンゴ色。私は、何色？　自分にそっと問いかける。私はまだ、セーラー服の似合わない、小さな女の子。初恋の味なんて、知るはずもない。

夢の残骸

部屋の隅には埃をかぶったトウシューズ
もう何年も履いていない
埃をかぶったトウシューズ

鍵のかかった物置の奥
忘れ去られたヴァイオリン
最後に手に取ったのはいつの日か

いつかあなたがくれた本
まだ開けないまま
押し入れの中にしまってある

忘れられた夢

忘れられない夢
私の初恋
また会えるかしらと夢見ながら
花は静かに散っていく

失恋

眠れない夜にカモミール茶を入れる
思い出すのはあなたのこと
眠れない夜にただ一人、涙をこらえる
つらかったこと
苦しかったこと
嫌だったこと
そして
あなたのこと

忘れられる日は、来るのだろうか

高校時代、不登校になった。いつも一人でいるというだけで、教室で起きた盗難事件の犯人扱い。あまりの馬鹿馬鹿しさに、涙が出て、悔しくて、腹立たしくて、失望して、やっていられなかった。その頃習慣になっていた、ラジオのフランス語講座を聴いた後、私はいつも何もすることがなく、一人自室でふさぎ込んでいた。――私は、ちゃんと大学生になれるだろうか。ただそれだけが、気がかりだった。

湖

水面がゆらゆら揺れている
水面に浮かぶさざ波は
揺れる光のダイアモンド

私は船から波間をのぞく

湖ではかわいらしいアヒルたちが
波と戯れ、遊んでいる
まるで私のことなど知らないというように

私は水面に向かってパン屑を投げた
水底に沈んだ母の指輪は、まだ見つからない

成人式の前撮り写真。似合いもしない、赤い振り袖を着て、鏡に向かって言ってみる。

「私、明日結婚するの」

ありもしない、未来。


——私は、明日、自殺する。

「冬の海」と「ある文学青年の手記」はフィクションです。

著者プロフィール

紫野 晶子（しの しょうこ）

1999年、東京都生まれ。大学では近世フランス史を専攻。コロナ禍を機に福祉の道を志す。学生時代より雑誌の小説新人賞への応募を続けており、本書が初の著作となる。

小説家に憧れて

2024年10月15日　初版第1刷発行

著　者　紫野 晶子
発行者　瓜谷 綱延
発行所　株式会社文芸社
〒160-0022　東京都新宿区新宿1－10－1
電話　03-5369-3060（代表）
03-5369-2299（販売）

印　刷　株式会社文芸社
製本所　株式会社MOTOMURA

ISBN978-4-286-25609-2　　JASRAC　出2405753－401